街巷人物

街巷人物

也 斯

OXFORD

UNIVERSITY PRESS

OXFORD
UNIVERSITY PRESS

Oxford University Press is a department of the University of Oxford.
It furthers the University's objective of excellence in research, scholarship,
and education by publishing worldwide. Oxford is a registered trade mark of
Oxford University Press in the UK and in certain other countries

Published in Hong Kong by
Oxford University Press (China) Limited
39th Floor, One Kowloon, 1 Wang Yuen Street, Kowloon Bay,
Hong Kong

© Oxford University Press (China) Limited

The moral rights of the author have been asserted

First Edition published in 2002
Reissued 2017

街巷人物

也 斯

ISBN: 978-0-19-593831-9

This impression (lowest digit)
5 7 9 10 8 6 4

目　錄

小　序　　　　　　　　　　　　　　　　　　ix

吉澳的雲

含羞草　　　　　　　　　　　　　　　　　　3

船　上　　　　　　　　　　　　　　　　　　5

草　蜢　　　　　　　　　　　　　　　　　　9

山上候車　　　　　　　　　　　　　　　　　12

走入晨光的路　　　　　　　　　　　　　　　16

夏　日　　　　　　　　　　　　　　　　　　18

歌與景　　　　　　　　　　　　　　　　　　20

石的呼吸——記破邊洲　　　　　　　　　　　22

事物的靈魂　　　　　　　　　　　　　　　　25

染了一身綠色　　　　　　　　　　　　　　　28

豬與春天　　　　　　　　　　　　　　　　　32

春天的電器　　　　　　　　　　　　　　　　34

水　　　　　　　　　　　　　　　　　　　　36

賴　牀　　　　　　　　　　　　　　　　　　38

大澳的夜　　　　　　　　　　　　　　　　　40

吉澳的雲　　　　　　　　　　　　　　　　　42

端午與船　　　　　　　　　　　　　　　　　46

看電視　　　　　　　　　　　　　　　　　　49

棄置的電視機　　　　　　　　　　　　　　　51

不欲教人仰首看

大家畫	55
不欲教人仰首看	58
陶塑藝人	63
曹雪芹與風箏	67
音樂指揮	70
啞劇演員	72
聖誕老人	74
嫦 娥	76
沒有睡袋的天使	78
獨眼的詩人	80
老詩人	84
手托木偶戲	86
百水先生	90
魚的魔術	94
人的面貌	97
高興地看見馴鹿——談愛斯基摩版畫	102

路上的人們

影 子	109
被淘汰的人	111
時裝店	113
怕賊的阿嬸	114
玩「的得球」的人	116
午夜場的觀眾	118
鬍 子	121

車上的醉漢 123

寒夜的老人 125

電車上的嘯聲 128

生活在馬路上的人們 130

挖掘者 135

釣魚的老人 138

母 親 141

拼版的孩子 143

報名表格 146

賣木屐的老人 148

阿 叔 150

玻璃板上的圓洞 154

鐘 錶 156

進入「的是高」聲音的夜 158

幾個外國人 162

十多隻手一起按上去 165

紋纈的風景

石頭上的痕跡 173

嚴以敬的書窗 177

紋纈的風景——談梁巨廷的山水新作 181

幾位年輕攝影師 187

不同語氣的對話——與黃仁達談攝影 191

天青劇團的《管理員》 194

寫實與幻想的道路 202

人生採訪

自娛的創作與評論——劉以鬯訪問記　209

宋存壽訪問　215

與格拉斯遊新界　225

寫小説的蕭乾和寫報道的蕭乾　236

附錄一：報道文學　254

附錄二：《山水人物》前記　258

小　序

　　我一九七〇年從大學畢業，愛好文藝和寫作，自知沒有什麼謀生本領，卻又不得不進入社會謀生，先是教了一年歷史，然後進報館當翻譯，後來又當過編輯、美術編輯，期間也與友人創辦文學和綜合刊物，義務當雜誌文藝版的編輯，並且在報刊上寫專欄，出於工作的需要，出於私人的愛好，都有不少鍛練寫作的機會。一九七〇年至七八年是我生活中最不安定的時刻，但也是我開始有機會試寫創作、評論、翻譯，全心投入寫作的日子。

　　我當時在報上寫了很長時間的專欄，七〇年代的風氣還好，遇上當編輯的長輩劉以鬯先生也給了我很大的自由，寫什麼都可以，所以在寫生活小品、文藝評論之餘，也作了不少素描和人物速寫，後來也為雜誌寫過報道，多半不是工作任務，而是出於自己的愛好。我當時初學寫作，也想好好了解我生活其間的社會、四週不同背景的人物，為將來寫小說作準備。

　　我在素描和速寫方面找到很大的樂趣。我看了不少法國新浪潮的電影、精確描寫的新小說、天馬行空的拉丁美洲魔幻文學、千變萬化的現代藝術，如何吸收轉化來寫我眼前的街頭現實呢？我覺得那是很大的考驗，我好像給自己出了種種難題，也在嘗試中得到

種種樂趣。要素描一個人物，要速寫一個地方，如何抓住重心？如何發展一種適當風格？如何展開有趣和有意思的對話？每一次都因不同對象而有了不同變化。

一九八〇年劉以鬯先生為文學研究社編輯一套中、港台、作者的文學叢書，我當時正在美國唸書，劉先生向我約稿，我便特別編成《山水人物》一書交他出版。這書已絕版多時了，其中有些篇章也曾為其他選集選用，最近牛津大學出版社林道群先生好意提出編輯重印我的新舊作品，我便想到重新編輯這書。既然《山光水影》收入了較輕快的生活小品，《神話午餐》收入現實中的冥思奇想，《書與城市》收入閱讀書本與文化的筆記，那就不如沿用《山水人物》地方素描與人物繪像的特色，再補上多篇當年未及結集的特寫與採訪而成《街巷人物》，特別集中在採寫人物和地方而作的種種文字風格的練習上，這樣每本書的焦點想會更明顯吧。

我在大學裏教創作，許多同行常跟我說創作視乎個人天才，是不可以教的。我不大同意，我覺得對環境和人物的觀察、對人和事的理解，還是可以磨練得來。創意是重要的，但創意不是從背誦得來也不是從墨守成規得來，教與學的人都需要敞開心懷，開拓視野，多看多聽多想。這是我當年自學的摸索，若果對現在有志寫作的年輕同學有可參考的地方，讓他們也去想想如何用他們摸索出的方法寫他們當代周圍的環境和人物，那就是我最樂於見到的了。

(二〇〇二年六月)

吉澳的雲

含羞草

在山頂公園玩久了，孩子渾身是汗，鼻子和兩邊面頰曬得紅紅的。過了馬路，大人帶他從一道斜坡走下去。

兩旁都是樹，前面靜靜的，孩子害怕了，說：「前面會不會有危險？」

大人們保證不會，他們說：「這裏也沒有汽車，最安全了。你看，整條馬路只有我們在走。」

轉了彎，可以看見山下的水塘，大人就說：「你看，看見水塘了，我們就是要到那兒去。」回望山上。看見山頂的路，就說：「我們剛才就是在那兒呀！」可是孩子看不見水塘也看不見山頂的路，他只是望着前面的路，好像很勇敢的樣子，一步一步走下去。

大人在路旁停下來，指着一叢植物，說：「這是『含羞草』。你碰碰看，它的葉子會關上的。」但小孩子不敢伸出手去，於是大人用指頭碰碰那些葉子，它們全關上了。

繼續走路。孩子想了想，問：「『害羞』是不是就是不叫人？」大人點點頭，孩子指着前面一叢植物，說：「這是不是含羞草？」大人說不是。「那麼，」孩子說：「它們會叫人的了？」

前面又有幾株含羞草，大人停下來指給孩子看，叫他碰碰它。他猶豫了一會，緩緩地伸出指頭來，碰到那株柔軟多葉的植物上面，一下子，它像一個夾子那樣關上了。孩子又再碰碰另一塊葉子，又另一塊葉子。好像魔術那樣，那些敏感的葉子一接觸指頭就有了反應。

　　「就像『金手指』一樣？」孩子想起了他的童話。

　　他們繼續走下去。孩子豎起自己的指頭，好像那是童話中會把平凡事物點成金子的指頭，他小心不要讓它碰到自己的身體。他走路的時候更專心地看着路旁的植物，看那兒可有一株株含羞草沒有，一面溫柔地豎起一根猶豫的指頭。

（一九七七年九月）

船　上

　　船靠碼頭，幾個村民走上來，他們都穿着黑色的雨衣，其中有一個還撐着 ，說：「好大的雨！」碼頭上候船的只有一個老婦人和我。她挑着菜上船，我也立即跟着跳上船去。回頭只見整個碼頭露在雨中，雨豆大地撒下來，一點一點敲在石級上。船輕輕戰抖，又再開行。我走進三等船艙，把背囊放在椅上。剛才在雨中走路，現在渾身濕透了。船旁的海風吹來，有點冷。我把濕了的襯衫脱下，掛在那裏讓海風吹乾，後來想想這不是辦法，便走過去機器房那兒，把衫貼着溫熱的鐵板，連身體也貼上去，借一點溫暖。但它只是微溫的，過一會，連微溫也消失了。我索性把襯衫隔着鐵欄遞進去，把它晾在機器的鐵管上，隔着包裹的錫色粗麻布，它們是熨熱的。我立即嗅到一陣濕布熨熱的味道，像是童年時在旁邊看母親熨衣服時嗅到的氣味一樣。我想到那些冒升的白煙，那些濕漉中的溫熱的感覺。我跪在那兒把衣服烘乾，靠近熱氣，身上也沒那麼冷了。

　　跟我一起上船的老婆婆，一直在旁邊好奇地看我，大概她覺得這樣子熨衣服是很滑稽的吧。我跟她笑笑。她腳下放着兩籃蔬菜。剛才我冒雨跑到碼頭的時候，已經見她穿着黑色的雨衣站在那兒。見我走過去，便說：

「買菜呀！」

我搖搖頭，只見她的菜籃上覆着大塊的荷葉，露出裏面青綠的顏色。

現在荷葉移開了。在她腳下的兩個籃子裏，一籃是青菜，另一籃是玉蜀黍。

「好肥美的粟米！」我説。

她笑笑：「自己種的。」

我這就想起那天旅行的時候，與一個朋友經過一畦玉蜀黍。他説：「那是甚麼？」

我説：「粟米！」

他搖搖頭，不相信，直至看見了，他才説：「想不到你也知道這些東西。」他不知道我童年時在鄉間渡過一段悠長的時光。

現在，我對面的老婆婆，看着我脱下濕透的鞋襪，捲起褲腳，赤足踏在船艙的地板上，想靠船上機器的力量溫暖一下衣服。便搖搖頭説：「這麼大雨，也不穿雨衣！」

我笑笑。她的帶着鄉音的説話給我一種熟悉的親切感。我説：「旅行嘛！昨天出來的時候沒有下雨。」

她不相信：「誰説的，昨天不知下多大的雨！」

她不相信。我不禁又笑起來，就像以前我們的婆婆總是説我們故意不帶傘一樣。但這是真的，昨天出來的時候沒有雨，下了船，雨才嘩啦嘩啦地落下來，使我渾身濕透了。去到別人家裏，我連忙洗過澡，換過乾衣服。現在背囊裏盡是濕衣服，再沒有可換的了。

「你昨晚住在新屋那邊？」她問。

我想了想，才明白她是把海灣那邊的房子稱為新屋。

我點點頭：「朋友的地方，借住一晚。」

「這樣大雨，不知有甚麼好玩！」她又搖頭了。

「可以捉蟹呢！」

她挺不以為然。「你們也捉到蟹！人家不用靠打魚吃飯了！」

她說得沒錯，昨天，在退潮的海灘上，附近住在木屋那些人家的孩子，捕了半籃螃蟹。而我遠遠摹倣他們的樣子，在沙裏挖了半天，只有一頭小得可憐的蟛蜞。我們離開那種生活方式，實在太遠了。

她安穩地坐在那裏，把一隻腳踏在座椅上，她的菜籃放在座位下面。風從布蓬的夾縫中吹進來，吹動她的黑色雨衣，她卻穩如泰山。我的內衣濕透了，拍在皮膚上，冷冷的不好受。我又向機器房的鐵板挪近一點，順手把襯衫翻過來。

她問：「你現在回香港去？」

我搖搖頭。「下一個站，如果沒有雨就上岸去玩。」這是回航的船，沿途會經過許多海灣，那兒都有美麗的風景。

她很驚奇：「你住在哪裏呢？」

「哪裏都可以！」

「回去吧，回去換過乾淨的衣服，洗個澡。」

我不禁笑起來。她的熟悉的鄉音使我想到童年時的鄉居。那在一個遍是菜田的農村。早幾個月，有一

回我尋路回去，卻發覺完全不是童年記憶中的樣子。有十多廿年了吧。我也認不出路來了。

　　「你到底要到哪裏去？」她問，一邊挽起她的菜籃。在船顛動搖晃着靠岸的一刻，穩定地站起來，踏上吊板去。她在這一站上船，拿她種的菜去賣。我看外面，雨益發濃密了。我不能在這一站上船，下一站吧，總之暫時不會這麼快便折回去。我跟她道別，看她沿石級走上碼頭。回過頭來，摸摸攤在機器上的襯衫，已經乾了一大半。再過一會，就可以換上乾的衣服。我靠着一艘前進的船的機器溫暖自己。渡輪又再搖晃起來，離了碼頭，向下一站駛去。

（一九七六年六月）

草 蜢

躺在樹蔭下等船。眼睛看着海洋、遠遠的山嶺，還有山上時濃時淡的雲霧，只是一直不見有一艘船出現在平靜的海面上，向這邊駛來。

我們不知今天有沒有船，我們也不知道甚麼時候有船，只是躺在樹蔭下，吹着海風，偶然看一眼海面。

在樹腳的石塊上，坐着一個黑衣的老婦人。我們向她搭訕，「阿婆，你也等船嗎？」

「係囉，」她說，但她也不知道，會不會有船。她只是有空就坐在這裏等，就像我們一樣。

這裏，到底仍然是個較偏僻的小島，除了假期的遊客，就沒有甚麼人來往。這島上，也沒有甚麼人住了。

「你們是不是有許多人去了荷蘭？」有人問。

是的。她說以前這裏住着許多人的，但都走了，到別的地方謀生了。

「為甚麼呢？」

「搵唔到食囉！」於是就全走光了。她知道我們在臨海的昌記士多過夜，就告訴我們說：昌記他們當時也離開了，大家全走光了。直到後來這島多了遊客，然後才回來做生意。

然後，其餘的人，有些也陸續回來了。比如她，阿婆說，就是一來捨不得自己的新屋；二來也知道有生意可做，所以就回來，他們都在大埔有家——很破爛的地方，但在那兒可以找生活——而在假期的時候，就回到這兒，把房子租給遊客住宿。

　　前天，她告訴我們說，前天她的大屋住了三十多個遊客。那真是個好地方，樓上有四個窗，樓下有五個窗，很涼快——你們昨天住的那個地方很熱的，是不是？她問。——她重複說她的大屋是好地方。

　　她甚至說，倘若我們今天搭不到船，可以回去她那裏住，可以收便宜一點。她又說，若我們下次來，可以找她。她那地方是很涼快的。

　　說着，她從懷中拿出一個膠袋，那裏有一疊紙，她抽出一張遞給我們。上面有手寫的電話號碼和店號的名字。那是她的「卡片」了。

　　我們對視一笑。想不到阿婆也這麼會做生意呢。

　　「這電話，」我們問，「是這裏的嗎？」

　　「不，」她說，那是大埔的。有遊客要進來，若是平日，可以跟她約定，她便進來了。

　　我總想從她口中多知道一些這島上的人的生活，便問：「過去，這裏的人是種甚麼的？」

　　「種菜囉！」她說。「番薯、花生……種的潮州芥菜，最好味！……」

　　但這些還不足以維生，所以人們逐漸離開。留下荒廢的農田。阿婆惋惜地說：當時，走的時候，家中還留下三甕醃的酸菜，沒吃完。現在這島上的田

都荒蕪了，長滿了草，遊客露營要自己帶菜進來，島上的雜貨舖只出售罐頭。

「沙灘上的牛是誰的呢？」

是尖忽仔的，她告訴我們說。養牛是最好的生計了。因為整個島都是草，放了牛，牠們自己到處吃草，夜晚的時候就會自己飛走回沙灘去。

等到中午，還不見船來。阿婆決定回家做飯吃了再來等。她出去，是為了想買點五花茶，打算星期日做遊客的生意。

阿婆走了，帶着她的竹籃和一膠袋的名片。在她走過的路邊，她腳邊的草堆中，我瞥見一頭草蜢；跳起來，又隱入草叢中。那麼小，那麼脆弱，但也有牠自己的保護色，用自己的方法覓食。

（一九七五年八月）

山上候車

中午的太陽下，一群人在水塘上邊的公路候車。

天氣太熱了，有人走過對面馬路吹風，有人撐起遮太陽，有人躺在水塘的石堤上，有人就在草地上躺下來，閉上眼睛。

「車來了！」有一個人指着遠遠的山上。

在那邊綠色山上，白色蠟筆劃出的直線的小路上，可以看見一輛紅黃兩色的離島公共汽車，正在緩緩向前移。過一會，它又在綠樹叢中消失了。

「車來了。」再說的時候。車已經開始下山，準備向公路駛下來。候車的人們興奮地收起，抬起包裹，躺着的人們站起來。車子剛下公路，還有好遠才駛過來，但他們已急不及待地在車站前伸出手去截車了。因為這是他們第一趟看見有車駛來。

這公共汽車漸漸駛近，來到他們身邊，嗖的一聲駛過去。

「車上明明有站的空位呀！」

「真是豈有此理！」他們罵道。

「喂，」有一個人喊：「後面有警車來，截警車！」

「哈！」「喂！」「唔該！」

駕車的人笑着搖搖頭，駛遠了。路的盡頭是空

的。正午的太陽照下來，愈發覺得熱了。沒有車來。人們又走回對面馬路，吹吹風。有人在路邊坐下來，有人躺在草地上，過了一會也睡過去了。那邊有幾個人在談話。

另一邊有一輛公共汽車駛過來，一直駛過這路，向山上駛去。在半山的路上，可見它緩緩地移前去，然後，停住了。

「車來了！」又有人說。

山上有兩輛公共汽車正繞過那避在一旁的車，駛下來。

「是兩輛車，一定有座位了。」

當車下了山，從路的那端駛過來，人們已全部聚在站前，又再收拾好行李，伸出手去，要截停這些路過的車輛。有人甚至走到路中央去，作出手勢要截停車。

車駛近，前邊那車的司機沒有停，只是豎起拇指指指背後的車，但是後面那車同樣頭也不回地駛過去。

有人把手提袋摔在地上，有人追在車後面大叫，有人大罵，有人一句話也不說坐下來，有人躺下去。對於截不停一輛路過的公共汽車，每個人總有不同的反應。

遠遠的望過去，山的高處有雲霧。在這裏看過去，可以看見路的兩頭都是空的，在這種沒有其他交通工具的地方，只有等待公共汽車。等候許久也等不到一輛車的滋味是不好受的。開始有人想要一片涼

蔭，有人想要喝水，有人開始埋怨身上一連幾夜被蚊子咬的滿身紅腫了。

然後是一段沉默，大概過了十多分鐘，另一輛紅黃兩色的離島公共汽車，又出現在半山白色蠟筆劃出的直線的小路上了。大家朝它看一眼，但這趟甚至沒人喊出來。

車駛下山，來到公路上。等到它再駛近一點，然後有一兩個人站起來，懶洋洋地向它揮手，其他的人就仍然坐着，躺着。

車駛過去。

截車的人走回來坐下，甚麼也沒説。

那個躺在草地上在候車的時候熟睡了的人甚至沒有醒過來。

人們有一搭沒一搭地在談話。

一個人説：「他們叫我去談那個計劃，談了幾個月，一切細節都商量好，結果卻吹了。又一次，又有人談另一個計劃，我以為有希望了，結果也不了了之。」

又一輛車出現在半山。在那褪色般灰白的路上。

「現在又有這個新提議，」這人繼續説：「我擔心自己沒有勁從頭再來一遍，再談，再商量……」

過一會大家看着車駛過來，駛近的時候彷彿漸漸緩下，大家立即站起來，背起東西，原來站在路旁揮手的幾個人揮得更起勁了。

公共汽車駛近他們，又呼一聲駛遠了。它沒有停下。

一輛公共汽車正從相反方向駛來，有人提議，「不如乘這些車，去到總站再轉回來……」

另一個人説：「再等等吧。」

有兩個人在追逐嬉戲，一個人在嘲笑另一個人愛上一個又一個女子，但每一趟都沒有結果。那個被嘲笑的人追着對方要打。那人説：「因為失敗太多，這一次，他甚至沒有膽量……」他們追逐着遠去了。

過一會，有人喚他們回來：「喂，車來了！」

當車駛近，仍然有一兩個人揮手，有幾個人懶洋洋站起來，其餘幾個人對這遊戲已失去信心，為了使自己不致看來太可笑，仍然坐在地上。不管怎樣，車又一次駛過去了。

「轉車吧！」

「不，再等等。」另一個人説。

（一九七四年五月）

走入晨光的路

　　周圍是一片黑暗。你走在這些路上，跟着這一盞盞街燈，走前去。街燈是白色的，很亮，更襯得周圍黑暗。像是在深夜裏，但分明又已是過了午夜而接近黎明的時分。在你背後，走來一個老人，又走來一個婦人，他們昂首闊步，一下子趕過了你。他們轉過彎，轉入上斜坡的路。他們一定是去晨運的，這麼早就動身了。

　　但你舉頭一看，還不見有甚麼黎明的線索，天空是湛深的藍黑色。在遠處一個地盤那兒，豎着的竹枝在高處沒入迷霧中，像在虛無飄渺中消失了影蹤。夜仍是那麼濃，你看不見事物的首尾。

　　你一邊前行，一邊看到迎面駛來的車輛亮着車燈，照過一段街道又消失在背後。溫和的燈，美好的相遇。太亮的車燈，威脅性的衝刺。就跟一個人在黑夜遇到的一樣。你聽着旁邊人們的説話，聽到一句，另一句又消失在車子掠過時的呼嘯中。聽到斷續的一句半句，拼不起來，又碎散了。正如點點燈光，拼不成一個黎明。

　　在前面的人不知走到哪裏去，你跟着走，有一點累，不知要到哪裏去，只是慣性地搬動雙腿，覺得無所謂。你低頭看着地面，你聽着人們説話。但你大概

沒有真正注視地面，因為它深霾的顏色逐漸褪去，換上一層淡淡的顏色，而你竟沒留意；你大概也沒有真正聽着人們的說話，因為它們也換了方向，去到一個遙遠的角落了。

一下子，你抬起頭，發覺已是晨光熹微的景色。然而你的感覺，卻不知怎地，既非喜悅，也非厭倦，既不感到怎樣突然，也沒有覺得理所當然，有所牽掛，但也無可牽掛，有所感觸，但也不知是甚麼感觸，既不疲倦，也不是徬徨。黑夜的濃幕漸隱，清晨的風吹隱約可辨，而黎明的路卻像沒有遮掩也沒有依傍的。你不要再在黑夜的路上徘徊，也還未致於是在明朗的太陽下走路，天空和道路的顏色，正逐漸變得輕淡。

（一九七七年四月）

夏　日

　　夏日的晴朗，以牆上一幅反映的陽光開始。在天花板上，是窗前盆栽的倒影。幾個盆子上面茁壯的植物，變成淡淡的影子，印在人們抬頭可見的地方。這也是一個小小的蜃樓吧。是夏日陽光跟人開一個小小的玩笑。而當天氣逐漸明朗，你就想捨棄陰霾；不滿足於輕浮的東西，要找尋凝實的立足；覺得虛幻的影子不夠，就寧願細看那盆栽中的植物有它真實的生長。

　　夏天是喜歡開玩笑的，帶來那麼多光與顏色。還有鳥兒叫，空中還有蟲鳴。是細細的尖吟，好像你把兩塊竹擰轉磨擦出的聲響。風扇輕輕地轉着，有顏色的解渴的東西，看着也冰涼。小匙掏進啫喱，白色牛乳流入橙紅色裏。撕開一層紙，人心中的雪糕，在暖氣中緩緩化開，冒出一陣煙。

　　有少年倚着鐵欄，邊吃雪糕邊談。他們是在説自己的夢嗎？竹林在他們頭上沙沙地擺動，説着遠遠的絮絮的話，太陽又把光影撒在他們腳下，那些輕靈美麗的圖案，是一些暗碼，他們暫時只享受那顏色，意義是不用立即知道的。

　　一幅陽光，在那邊另一扇窗中，燃成灼熱的白色火焰了。我看見了那麼多微小的光芒，又看見那麼多

熾熱變成灰燼。仍有白衣的少年男女在山邊的竹林下走過，絮絮說着話，他們的話不會比一隻鳥的鳴叫更響；仍有人坐在雜貨舖前抽一根煙，高聲嘎嘎的笑，獰笑的聲音，又何嘗會比一隻蟲的鳴叫更久。乾燥的兩片竹磨擦的聲音。又有青綠的竹林因風吹過的沙沙聲音。白衣的人走過，像夏日一點飄忽的白光。

衣物晾在房子的後窗。白色的衣服，多洗幾次就發黃了。但我卻不願相信，青蔥的竹林，到頭來只是乾竹的磨擦、蟲的吱吱哼叫。夏日充滿虛幻的影子，告訴你，我卻仍有所期待，有所信賴。

(一九七七年四月)

歌與景

從唱機上隱約傳來一個男歌手的歌聲，他的歌聲顯得那麼急躁，像是甚麼事情令他煩擾不安，他的心中，有一些逼切的不平與不安，正要竭力說出來。他，你可以想像，正投入自己的歌裏，顯得那麼激動，那麼迷茫。他的感情洶湧沒處發洩，他正要盡情表達出來。其中充滿了人間的愛與恨，希望與惆悵，獲得與失落。

在外面，是平靜的山邊的景色，灰白陰涼的天色下，一叢叢的樹在微風中輕輕搖動，那些綠色有許多種，當中一株較大的樹，把枝葉發展成一面扇，那種綠，是普通的，最常見的綠色。以它為標準，在它頭上，是一叢比它淺的綠葉，隱約露出來，罩着原來的樹。而在背後，拔起一叢高昂的，比它深得多，深綠得帶黑的樹葉。在這下面，即在原來標準色的樹的左邊，又出現了一叢淺綠而帶黃的葉子，好像是竹葉還是甚麼。在這下面，則是一些帶着白色斑點的綠葉。在右方那兒，輕柔的高枝正在晃動的，則是叢叢向外散開的闊葉，綠色裏泛着棕紅。一株綠葉的樹被許多不同程度的綠樹包圍着，這些其他的綠葉各自更深或更淺，泛着白或泛着紅，帶着黃或帶着棕，當我們再回看當中那株樹的葉子，也不敢肯定它是否標準的綠色了。

於是那歌聲再一度高昂，從輕快而變為急促，向左右迴旋，上下求索。它反覆回到原來的地方，不斷叩問。它偏頗了，溜跌了，兜着圈子。它迷茫了，在精神和感情上找不到出路，它高聲嘶喊，低聲呢喃。它惋惜那錯過的，它期望那未來的，它設法説出那怎樣也擺不平的，一種大的落空的感覺，混合着那些小小的失望和憤怨，它的聲音時而高昂，時而偏激，最後，它逐漸逐漸沉默了。

　　在窗外，仍然是那一片平靜的綠的景色。甚麼聲音也沒有。在顏色參差的綠葉叢中一株綠樹隨着微風輕輕晃動。偶然有聲音也不過是細碎的鳥兒鳴叫。

（一九七七年三月）

石的呼吸

——記破邊洲

　　船駛近的時候，看見前面那山崖，果然像是給人破開，劈出一道裂縫。山都是石壁，像蜂巢、像杉木、像榴槤、像動物的四肢重疊。石都是有生命的。石崖近海的低處，有一個洞穴，像是石頭呼吸的氣孔。石都是會呼吸的。

　　停了船，下了小艇，從那破開的隙縫中划過去。小小的水道，剛夠小艇划過，彎彎曲曲的，而前面有一個空間，白雲和海水，向你保證，路總是通向闊大的空間。

　　水怎麼這樣澄淨？你看小艇緩緩移過水底一塊巨大的白石，那麼白，在綠色的水中，陽光照下來，點點彩虹，緩緩地，緩緩地，艇移前去，移過了那水面上的陽光點點，那塊白石。再看，你可以看見水底一團團黑色的，那些海膽。水是那麼澄淨，海底看來也好像伸手可及。而在兩旁，石上有石化了的貝殼，有些像蓮花，有些好像張開嘴巴，當你的艇經過時你可以觸及它們。它們張開，它們吐納。不過，四週都這麼靜，就彷彿連它們也屏住了呼吸。

　　小艇緩緩地，緩緩地划前去。唯一的聲音只是那水的聲音。不划動，你也可以覺得水正在流。海水湧入狹小的水道中，輕輕地推動它。在頭上，偶然一頭鷹飛過，叫起來。你抬頭的時候才看見兩邊的石崖是

這麼高，好像是從一個峽谷的谷地、從一個被囚禁的地牢望上去，只看見一線天空。但不，這兒不是一個峽谷，不是一個囚牢，水是流動的，它是有生命的，它帶着你進來，又帶你回到外面的天地。

伸出手，碰一碰轉彎那兒一簇貝殼，它們張開一張張嘴巴，還有鼻孔。它們曾經濕潤而柔軟，而現在，經過了這麼久，還沒有把自己閉上。你過了一會，就把它們留在後面。來到了外邊，藍色的海洋。

艇划出去，沿岸的石崖那兒，有一些穴洞。划近的時候，在洞口的水面上可以看見一點點白光，好像一朵朵白花，開了又合，合了又開。原來那是穴口的水滴，點點滴滴，落在水面上。艇划進去，水落到頭上，一個洗禮。水落到身上，落到艇上，稀疏的幾點，沒有了。眼前暗下來。想揣摸巖石形狀，看不清楚了。遠遠的那邊，越深入越黑暗。手電筒微弱的光線照過去，只是一點光，沒法照亮黑暗。會不會有蝙蝠？會。巖石上好像有呼吸的聲音，又好像是一片死寂。停住，靜默，艇擱淺了，洞很淺，艇停在那裏，浪從背後推過來。浪從大海湧入洞穴，又退出。浪搖動艇身，但艇擱在那裏，晃一晃，又停下，不動了。你成為巖石的一部份，像那些石化的貝殼，張着口。在那黑暗中一千年。好像是一片死寂。不，還有呼吸的聲音。用槳，撐着巖石，把艇推動，推回水中。又一次，可以感覺，浪在底下流動。艇再划動，向巖穴的另一個出口，划出去。浪湧進來，浪洩出去，像呼氣、吸氣。艇上的人隨着這呼吸流動，進來，又出去。

又是海洋，藍色，澄淨清涼。好大的誘惑。噗通一聲，跳下水去。船家在那邊的大船上，高聲警告不要游泳：「有鯊魚，來自太平洋！」水是那麼清涼美麗，管不了；鯊魚，即使牠們來自太平洋。

　　爬上小艇又爬下小艇。晃動，擺盪，顛簸。小艇向下沉，下沉，水淹過艇邊，人也下沉。驚叫，大笑，噗噗的氣泡，濺水的聲音。濕淋淋的人爬上船。喘息，漁船也微微顫慄了。在那邊，巖石板着臉孔，海浪卻一下一下的去撩撥它。

（一九七八年七月）

事物的靈魂

　　大清早醒來，忽然想到游泳，便到這裏來了。

　　坐在一株樹下，攤開一本書，書中那個希臘人說：「木材、石頭、我們喝的酒、我們踐踏的土地，每樣東西似乎都有一個靈魂的。」他又說：生活就像一個老人，看來老了，但不是毫無趣味，它知道一兩種把戲使你如痴如狂。

　　很少這樣的好天氣，還是早晨，海灘上已經有不少人了。各自在不同的樹下，不同的毛巾和草蓆之上，接受免費的陽光和海風。健康的肌膚。空氣中有太陽油的氣味，一種植物的芬芳。

　　可以捧起一掬細沙，讓它緩緩從掌上漏下，我可以靠着樹，一直望到海的盡頭。我可以低頭看書，看那個希臘人如何安排他的生活。看累了，我就走入水中。海水冰涼。但你過一會就習慣了。當你向大海游去，你可以感到眼前的海，是柔軟的一波一波向兩邊舒展開去，像一些輕柔的線，向兩旁逃亡。當你坐在浮台，你可以看見岸上背後一叢叢綠樹，雜着紅花。陽光照下來，多麼舒服。

　　樹有樹的靈魂，花有花的，陽光有陽光的；在某一個時刻，你看得更清楚。海波也有它的靈魂，不是常見那兇猛或骯髒的，而是溫柔，細緻，當你

獨自游泳的時候，在某些寧靜無聲的片刻，你才可以觸及它。

水開始是冰冷嚴厲的，然後，逐漸溫和起來。又回到沙灘上。小小的赤裸的孩童，不知在那裏挖甚麼？我坐在這兒，在他旁邊。那是沙灘與海的交接處，海浪一次又一次翻上來，到了這裏，變成微弱的泡沫，清涼的餘音。我們不完全知道海在想甚麼，但偶然接觸到它一些微弱的訊息。

我喜歡書中那個希臘人早上在沙灘醒來的感覺。他說一種非常熱的南風從遠方吹過來，海在早上發出一種類似西瓜的香氣，中午整個海面籠罩在一層薄霧中，微瀾有如尚未發育成熟的乳房；晚上，海輕輕嘆息，顏色由霞紅、茄紅、酒色而變成深藍。

他看海看得多仔細，好像要看到它的靈魂裏去。我用心嗅嗅，看海可有西瓜的味道沒有。這裏也沒有熱風。現在一切安靜。而我就知道，這是一面不同的海洋，有着不同的靈魂的海洋。

四邊的人多起來了。剛才每株樹下有一個人，現在每株樹下有三個人。一切還是一樣的，我想看書就看書，想游泳就走進海裏去，渴了就呷一口買回來的冰咖啡。這個早晨，一切是自發的。在百多人的地方也跟一個人沒有兩樣。

擠迫，那便擠一擠吧。每株樹下面擠着三個沙的靈魂、每張草蓆上躺着三個塗太陽油的靈魂，幸而，他們也有：植物的芬芳，而且看來都那麼健康。

書本有書本的靈魂，冰咖啡有它的。我搖動杯

子，讓冰塊輕輕晃盪。這淡棕色的靈魂逐漸溶去，進入我的腸臟，告訴我在那遙遠的地方，它原是一棵棕黑色的堅硬的豆子。

我想游泳的時候又再進入水中。人們原是一顆柔弱蒼白的豆子，曬過太陽，變成紅豆或黑豆，就比較好一點了。不同顏色的豆子浮在我四週，我再游遠一點，離開這鍋許多豆煮成的三豆甜粥，進入大海。豆的靈魂溶入了海的靈魂，這藍色的冰咖啡，帶着鹽的味道，分不出哪是豆，哪是海。我在海中飄浮，好像有一個人正搖動這巨大的杯子，讓裏面的冰塊輕輕晃盪。

(一九七八年六月)

染了一身綠色

露營回來，母親問：「你們幹甚麼？衣服的肩膊上染了一片綠色？」看了看，果然是這樣。

「你猜是甚麼？」

「是草吧？」

大家不禁大笑起來。

那不是脫色的草，是脫色的營幕。

那天下午，當我們去到那個遙遠的營地，發覺沒有房子，要自己搭起帳幕，而因為連日天雨，濕了的帳幕還攔在屋背上晾乾。當我們抱着營幕環顧四週荒蕪的山野，舉步踏上松崗尋找一塊山地的時候，就有許多人開始抱怨起來，說失望透了。我們甚麼也沒說，只是抱着一大個微濕的綠色營幕走路，希望發現一點甚麼。

（是在那時候，從未乾的營幕那兒，染了一身綠色？）

我們把營幕鋪在地上，用營釘把繩子釘好，用木棍把營豎起來，然後再釘其他的繩子（總是有那麼多的繩子！）如果說搭營沒有住屋那麼方便，至少我們學懂了怎樣搭營呵。

但是，回到唯一的小屋，是廚房是雜貨店也是總部的那兒，準備吃晚飯的時候，雨卻落下來了，雨

跟我們合作了一整天，而現在，一切安頓好以後，它卻落下來了。剛好分配到樹下的空地，坐下來，拿起碗，雨就落下來了。

所有的人都佔了避雨的地方，我們只好把一張枱架在另一張枱上，遮着那些小小的餸菜，然後站在那裏，像農場裏的豬或雞那樣，把頭伸進枱下吃飯。如果說這樣不方便，那至少學習了另一種進食的方法呵。

飯後剛好碰上營裏沒有水，不能洗澡或洗臉，而營裏其他預告了的康樂活動，不是暫時還未發展完善就是因為天雨不能舉行。許多人回營睡覺的時候，我們坐在小屋後一幅布幕下面看雨。那臨時的屋簷有不少漏洞，雨滴從大小不同的洞中漏下來，我們盡量避開漏雨的地方，坐在長凳上，眺望遠方的海洋，看那平靜的海水和恍惚的山形。直到天色黑了，漁船在海上亮起燈光。而雨，就斷續地從布蓬滴到我們的肩膀上去。

（是在那時候，從脫色的布蓬那兒，染了一身的綠色？）

半夜裏，我們在營裏玩倦了，便爬出來舒伸一回筋骨。雨已經停了，小屋還未關舖，還可以買到一杯咖啡。坐在屋外的空地上，在屋前唱歌的人早已離去，人們都已睡覺，誰曉得在這樣的夜深還可以把一天的結束延遲，還可以閑坐談天，還可以看一隻青蛙跳過我們的足踝，看一隻螢火蟲飛過頭上，而在黑暗的天空裏，當你等得夠久，你就會偶然看到照明彈的光芒。

在一片空地上，星空顯得那麼接近，左右都沒有阻障，人站在空地上看星，而當夜愈深，星顯得愈亮。起先以為沒有星星，下過那麼大的雨，又有雷聲和閃電。但一下子，星又亮起來了，那水勺般的，那倒着的問號似的，說是北斗，而北極星又是那一顆呢？星子是各種符號，湧現在空無的天空上，而你等待它，瞭望它，喚它名字，給予它意義。在那黑漆中，等待它露出微弱的光，再等黑暗去使它顯亮。一個符號。即使不過是一個倒着的問號。只要你等待得夠久，某些事情到頭來總會向你顯現的。正如這一片原先以為沒有星的星空，正如這原是驟雨的晴朗，我們在廣大的夜空下飄浮，像螢火蟲，在樹梢一閃，又飛入那夜的深處。

沿小路下去沙灘。雨後的泥濘或許濕滑，但也沒有相干了。沙灘上的營火旁，還有人在燒烤，再過去則是靜悄悄的，營幕裏的人早已睡去，那一片不知是不是練箭場的空地，只是一堆碎石和沙礫，幢幢的黑影。我們同意，全個營地風景最美麗的地方，還是離開總部半哩路的這偏僻的廁所附近的空地。這兒對着海，在黑暗中，漁船已經出海捕魚。船上一點燈火，像沾了雨，那麼濕潤，卻又是那麼穩定。一艘漁船緩緩前進，另一艘停在那兒。我們聽見漁夫遙遠的喊叫，牽拉魚網的手勢。他們也在尋找，等候、發現……

回到營幕，睏了的人睡去，談話的繼續談話。雨停了許久，一直沒有再落下。但每隔不久，外面總會

掠過一下閃電。從螢幕的小洞望出去，可以看見外面一下子光亮如同白晝，然後再歸於黑暗；再等待，許久，又一下閃亮。談話的人繼續下去，直至後來，偶然抬起頭看見外面的人禁不住說：「噢，天亮了！」

　　在晨曦中我們再沿着一面海灘尋路，有人趕路往外面農家借水洗臉，我們一心尋找風景。果然，在那邊，有另一片澄澈的海水，臨海的小山，像蜃樓一般的雲的倒影，在黑色礁石隙縫的綠樹間，我們再一次覓路前行，不知會遇到甚麼。(是在那時候，從綠色的山和樹那兒，染了一身綠色？)

(一九七六年六月)

豬與春天

　　肥豬是黑色，黑色的肥豬的剪紙，在身上這裏那裏透出一些黃色條紋，一朵粉紅的花朵，「四季」和「平安」的字眼。在背上，還有尖刺一樣的鬃毛，是綠色的。這頭黑色的肥豬，可想不到，在黑色裏頭有這麼多顏色。

　　點點滴滴，雨又落下來了。這個春天，天空和地面卻有肥豬的剪紙的黑色。黑色的春天，不完全是鑊底的顏色，卻是泥濘，人的渴睡的眼睛，報紙的易脫色的油墨，再加上蒼蠅，那樣的黑色。不是聖經(呀，復活節)，皮鞋，頭髮或是沙發椅那樣的黑色，而是捲縐的舊書，沾了泥的皮鞋，斑白了的黑髮或磨損了的椅墊的那樣的黑色。也不曾是腐敗和發霉，而是疲倦而不確定，在泥濘中別扭地走着的那種猶豫曖昧的黑色。

　　一不小心泥濘就濺到人的褲管上，雨就會使頭髮濡濕了一大片。陰陰沉沉的天氣，滲入人的心裏去。人走在潮濕的空氣中，像一片吸水紙，一下子就濕了一個印子，在空中晃兩晃，變沉重了。

　　那沉重的是水份。累積的悶熱而來的汗漬，多餘的眼淚。春天充滿了多餘的水份，由左眼眶到右眼眶。一時蒸發到半空，一時又從牆壁裏滲出來。黏黏

膩膩的感覺。以前有些春天必然不是這樣的。這一個，不知怎的多了一點黑色，少了一點白色。

黑是眾色之母。這母親，產生了蠕蠕而動的一些甚麼，喘着氣，滑溜溜又汗津津的。在孵化中，在成形中的這東西，可能是一頭黑色的怪獸，可能是一個澄明的夏日。在路的盡頭有一朵紅花，幾枝綠葉，又有點點黃色。但現在它們看來這麼小，這麼零碎，這麼沒有力量，只是一頭黑色肥豬剪紙上的花紋。這頭肥豬，看來這麼霸道，又這麼懶惰，沒精打采地躺在那裏，佔去眼前的空間。

（一九七八年三月）

春天的電器

好端端坐着，電燈忽然全熄滅了。陰霾了一刹那，然後才張開眼睛。鬧別扭的天氣，鬧別扭的電器。雲塊壓在山頭。電視機眨巴眨巴眼睛。天空陰陰冷冷的。電飯煲也寒着臉。天上落下雨來了。廁所裏噗一聲電燈泡宣佈退休。

這世界不知怎麼搞的。這世界愈來愈不知怎麼搞的。索性不要見人，躲起來讀格拉斯的小說。以蝸牛的速度。這更好，第一次看不明，第二次迂迴曲折慢吞吞前進就明白得多了。任它的電器砰砰嘭嘭全數壞掉。書本有書本的道理。更好的是，它不自視為一個道理。它說：孩子們，不要太自以為是。

問題是太多人自以為是。每天在那裏為生命忖度一個答案。更要命的是：強行要你接受答案。汽車砰砰嘭嘭撞成一團。因為它們走得太快。因為它們太以為自己的路線正確。在道路上，留一點空間吧，留一點餘地吧。在這天雨路滑的時刻。

這世界不知怎麼搞的，把一切弄得濕濡濡地。把春天弄得好像是從污水渠裏撈上來似地。樓梯滑了，電梯壞了。在原是電梯的那兒，有幾個人蹲在下面，用小桶去掏水。污穢的積水。春天就是從那兒撈上來的。

我夾着一個包裹上樓。打開包裹總使人興奮。遠地寄來的大圈小圈。我心裏大圈小圈。不是滿肚密圈。是冒泡的汽水，漫畫裏的獨白或夢或感嘆。電燈再放光明。在三樓上是沒有積水的。

　　繼續看格拉斯的小說。從《錫皮鼓》到《蝸牛》，全是大圈小圈，緩緩地推進的夢想的圈。電燈感應氣候，忽明忽昧，與咖啡壺一起作反，是冷冷的現實的圈。忽然一陣喧嘩，忽然一陣沉默，我感到忽冷忽熱。電視機的顏色與雪花。似乎可觸的溫暖的水珠，不可觸的破滅的肥皂泡。這世界不知怎麼搞的。

（一九七八年三月）

水

水沖去悶熱和汗滴，水沖去一切拘束不適，水是偉大的。水使蒙滿塵埃的臉孔重新舒暢，使污漬流下溝渠，水使髮絲流動打轉，水流沖擊，濺出夏日的清涼。

潛入大海，無盡的藍色，湧入你眼耳口鼻。你聽見那藍色嘶嘶叫着，噗噗的開玩笑，用氣泡向天空傳達訊息。你急着掙扎起來，要把它從你眼中吐出。但是耳裏還有，頭髮也有，濕淋淋滴下。口裏可能吞下少許。水一下子浸透你，裏應外合，你把頭髮亂揮，也沒法全數把水揮乾。

天氣這麼熱，空氣厚厚的。久了你又還是回到水裏。水解開你的束縛，拆除你的盔甲。儘管你處處提防，它還是充滿耐性，慢慢的，沖洗你。當你要退縮了，它的水流還是來來回回，一波又一波；當你掙扎着，從水裏露出頭來，要在水中站立，挺起胸膛，不再放任自己，當你堅持自立，它也沒有相干，水流如一張絲帕，輕輕摩挲你。它是那風，環繞你站立的地方，包圍你又放任你。

你一旦不再固執，又讓手腳在水中飄浮，或者划動，不再與波浪對立、向不同方向拆扯，一旦你放鬆，壓力沒有那麼大，壓力逐漸消失了。到底，水流

只是包圍你，慢慢慢慢地溶化你。到了某個階段，你前進，好像不費吹灰之力。當然，後來，又好像來了阻力。

　　水盛載着你，抹去你的汗，又輕輕地拋起你放下你。水推你的時候也用力，可沒有叫你受傷。水拉你過去，又不是要收回甚麼。逐漸的，你感覺到它的節奏，它的動作也有意思，未嘗沒有道理。你不是強要牽動它，也不是放棄一切任它推搡。當你像一尾魚，忘卻了炎熱，那時你與它一同動，一同止，一同呼吸，彷彿成了它的一部份。

(一九七八年七月)

賴　牀

　　孩子不願意上學，躺在沙發上不願意睜開眼睛。一餅軟綿綿的糕點，抬起了頭掉下了腿，抬起了腿，頭還是貼在那裏，拉不開來。輕得沒有骨骼的布娃娃，扶正了又向另一邊歪倒，拗彎了讓它坐，卻彈平了躺下去。搓濕了的泥巴，黏着沙發的平面，用力扯起來，會連椅腳也一併黏起。那份沉甸甸的重量，是孩子連起了沙發、連到地板、連到整幢大廈、連到昨夜沉沉的睡眠，沒法一下子拉起來，一下子連根拔起。

　　濕冷的毛巾抹過臉孔。頭連忙翻向裏邊，在沙發下陷的窩裏，臉孔是雞蛋碰到雞蛋。雞蛋是溫暖的，敲開來是一個太陽。太陽還未昇起，早晨仍然幼嫩，不願意張開眼睛，看外面開始行走的車子和塵埃。

　　手伸起來，伸一個懶腰。小小的拳頭，推開電視機新聞報告中的成人血腥。頭在窩裏左右摩擦，不要聽撕票和抗議。頭髮凌亂，鳥兒潮濕的羽毛。早上清潤的啁啾。頭在窩裏左右摩擦，找一雙寬大的安全的羽翼。

　　汽車在窗旁開動馬達，又咳嗽又喘氣，整嗉痰在喉嚨裏開會，不依程序，互相打岔，記錄的在敲桌子，不知如何下筆。孩子用腳撐開騷擾。小小的腳上

穿着短褲和長襪。一橫一橫的長襪。深色淺色。踏
着不存在的水車，給夢發電。雙腳是風中的稻草
人，趕開啄食他的睡眠又要告訴他白日已經來臨的
那些烏鴉。

　　頸項和面頰的線條柔軟，是那軟枕中的千羽世
界。又熱又軟的麵包和無數盒中的糖果，不用掙扎和
哀求即可獲得，叫他在夢中磨牙。他要再翻一個身，
推開隨白日而來的爭吵、幼稚園中的毆鬥與受傷。他
的呼吸沉重，已經匿回窩裏。稍一碰到身體，惹起一
陣羽毛的哆嗦，眼睛閉得更緊，避開外面更強的光
線、更響亮的聲音。

（一九七七年）

大澳的夜

我們都同意，大澳的夜晚比白天美麗。那種損爛與灰塵，那種殘破的感覺，都消失在黑暗中了。新建的學校還有燈光，燈光倒影在水上，好像暗示隱埋了不少影影綽綽的風景，其實只遮掩了白天這兒狹窄的一泓淺水。

晚上到大澳，總見一群人在路上乘涼。進入大澳前先經一幅臨海的空地，白天的公共汽車站和停車的地方。現在，到了晚上，在暗淡的街燈下，便有三三兩兩的人坐在海邊。有一群人推着兩輛腳踏車，在那邊談話。燈光很暗，看不清楚他們的臉孔。一個人騎上腳踏車，駛開去，但這兒去不了多遠，沒多久又再駛回來。又一個人騎着腳踏車經過你面前。是不是剛才那人在兜圈子？你不知道。燈光很暗，看不清楚他們的臉孔。

走到堤上。大澳這邊有長堤連接對岸。窄窄的長堤，習習的涼風，對岸吃齋的地方已沒有燈火。我們坐在堤上，脫去鞋子，躺下來。朋友說他去年夏天常常帶一罐啤酒，躺在這裏閑談乘涼。也許還有人會一覺睡到天明？

現在，又有人越過我們，在堤上走過去。他們也在遠一點那轉彎的地方坐下來。在黑暗中，不同的兩

群人，一同接受海洋吹來的和風，聽着海浪打到堤上的聲音。

　　海風使人懶洋洋，想躺下來睡過去。那海浪的聲音呢？絮絮的，它沒法擊破這道堤，沖開這些圍攏的保護。它輕輕的輕輕的吵着，也沒法把這些懶洋洋的三三兩兩躺着的人吵醒，結果它也變成一些安撫的節奏，一些催眠的聲音。在大澳這兒，對外的公共汽車在晚上早已停駛、輪渡早已停航、居民也就逐漸睡去。那些醃鹹蝦和鹹魚的地方是幢幢黑暗，帶着鹽漬、倦懶和時間的重量，在涼涼的海風中，在絮絮的浪聲中，沉沉睡去。

(一九七八年七月)

吉澳的雲

　　吉澳的雲真有點特別。可是，特別的地方在哪裏呢？一時也說不上來。

　　吉澳是香港最北端一個離島，鄰近沙頭角。每到星期日，才有一班船由馬料水前往。船期是：早上十時四十五分，下午五時。時間不多。所以，在吉澳，當你朝着最遠的一片雲走去，很可能走到一半，就選擇一條分歧的路，彎回來。沒多久，就回到曬着魷魚的村子，回到原來出發的地點。

　　碼頭面向着鴨洲。遠一點：沙頭角；再遠一點：大陸。碼頭背面是澳背塘村，背向這一切。背向這一切的村裏近海灘的一所老屋子前面，一對老人家坐在那兒。老公公坐在門前的凳上，阿婆坐在門檻上，他們在看雲。

　　於是你也看雲。你發覺吉澳的雲是有點不同。這裏出產的雲，實鼓鼓的一大團，久久不改變一下姿勢，就像四週連綿的山。老人家坐着，動也不動，看雲；雲也坐在那兒，動也不動，看他們。你簡直會以為他們是打算永遠這樣看下去的。又有一些雲，在山頭，一片一片佈滿藍天，就像碼頭晾曬的魚和魷魚，一尾一尾的，在那裏永遠睡着了。

　　也許，吉澳的雲的秘密是它們不大動。一般的

雲走來走去、結合、變幻。這裏的雲卻像這裏的人，懶洋洋坐在樹下、屋內、門邊，看着一星期才來一次把這兒弄得熱鬧起來也骯髒起來的遊客。他們是不動的，彷彿正在搧扇或聽收音機，回憶往昔或懷念離開了的人。

我們，剛好相反，時刻都要走動。站在這村子的海灘上，看着大海永恆地沖上來的垃圾，又想是否可以涉水走到對面的小島去。那兒水很淺，退潮時一定可以走過去。但對面那兒也不是甚麼小島，只是一塊露出水面的草地吧了。在那草叢中，那白色的一點是甚麼？一點泡沫？還是一片天上掉下來的雲？

「不，是一隻鴨。」

「不，不，是一隻白鳥！」

那隻白色的鳥兒，伸縮牠的頸子，一前一後的，好像在啄食或舒伸，動個不停。

「不，那只是一片白紙呀！」

看清楚了，是一塊白紙，頂端成長條狀，風吹了，就好像搖擺的鳥兒的頸子。我們不禁笑起來。在背後，那兩個老人家卻一直沒有注意：我們想像中這頭活動的白鳥。

我們不願留在一個地點。等證實沒法涉水過去，等知道白鳥是虛幻了，我們又打算沿海灣走，看看那邊半山築成的新路。

海灣的路難走，有時是礁石，有時是下陷的軟泥和水窪，有時跑出一頭黑狗來。在沙灘那兒，一列列由大海沖上來的沉積的雜物：膠袋、汽水罐、木枝、

垃圾。不過，我們也找出一些時間，抬頭看看天上的白雲。一列列白色、凝定不動，由澄藍天空的大海沖過來的淤積事物。

半山的新路是為了建機場。一幅突出的平台，上面寫着一個H字，用作直昇機場。這兒是新建成的，將要把飛翔的新事物，降落到這古老的漁村來。新路通向半山，在綠林中劃出泥黃，露出禿石。平台上涼快。有很多風。將來直昇機降落的時候，一定帶來更大的風，使兩旁的樹木擺動折腰。

我們，無所事事的，坐在半山的樹蔭下，又用石頭去虐待一顆松樹的松子。

白雲看着我們，並不表示意見。

我們抬頭看雲，看了一會，又不耐煩了。再說，我們的時間也到了。走新路還是舊路回到碼頭？我們想走新路，只是不知要走多久。新路通向遠處一片雲。但在吉澳，因為船期限制，你只能往回走。

於是沿海邊回來。這一次，容易得多。不用踏上水中的石頭，不用摺起褲腳，全是軟泥的地。再想想，原來潮退了。海岸與對開的草地，現在相連在一起。短短的時間，一切改變了。

沒有變的是向着沙灘那所老屋子，和屋前的一對老人。老公公坐在門前的凳上，阿婆坐在門檻上，他們在看雲。

我們坐在門前休息，也看雲。這些雲這麼悠閑，像吉澳本地的人。那邊一團雲是坐在碼頭的老人；那邊那團是坐在警崗門前聽收音機天空小說的老人；那

邊那團是站在門邊喝啤酒的老婦人；那邊那團是低着頭做膠花的⋯⋯一個一個老人，兒女離開了，到市區或英國工作，只有他們留下來，在那些攀滿綠色藤蔓的破牆前面。

我們問老公公在這兒住了多久。「二十多年了，」他說。當我們指着前面對出去的海上的雲說像甚麼生物，他也說：「像老虎一樣。」可是，那團雲更像一頭綿羊或水牛，然後，當我們坐得夠久，輕浮的嘩笑的聲音逐漸靜默下來，就可以看見它們慢慢移動 ，散開，一條腿緩緩分裂出來，絲縷的雲像崩塌的牆壁冒出的煙塵，無聲的碎屑散落歸向太空。

（一九七八年六月）

端午與船

　　前面那人把頭靠在長椅背上睡着了。船輕輕地顫動，他的頭也跟着輕輕地搖。他的身體側向左方。在再前面一張長椅上又有另一個人，也是這樣睡着了，不過身體卻側向右方。這兩個睡着的人彷彿是三角形的兩道斜邊，但卻連接不起來，所以只形成一個沒有頂點的三角形。是小孩子粗心地畫成的一個三角形，兩邊歪歪斜斜的，是人手的參差，不是機械量度的準確。

　　全船的人彷彿都睡着了，其實並不是。聽仔細點，會聽見馬達的聲音混和着人們的談話、孩子的叫囂和嘩笑。回過頭去，甚至可以看見那群人揮動着手說得十分起勁哩。但是，這些聲音混和在一起，還是形成以馬達為主的一陣嗡嗡的聲音，給人的感覺是催眠的呢喃、灰霧的籠罩、或者用筷子攪拌成一片淡黃色的蛋液。

　　望出去，窗外是灰白色的天和灰藍色的海，一連串的小島，船經過一個又一個小島，卻看不見一艘龍舟了。離開那個擠滿人的碼頭以後，便駛進這些沒有人的地方。那邊一個個小島，那麼小，也許上面只是荒草叢生，沒有一個人居住。那麼，當然也沒有甚麼記憶，沒有甚麼歷史，沒有甚麼節日，沒有甚麼慶祝

紀念的儀式。那島上沒有人，即使有，如果他們造一條船，那也是一艘捕魚的船，而不是一艘龍舟。他們划給誰看呢？

然而甚至也不見一艘捕魚船。只是天和海和島，最基本的存在。現在這載滿人的渡輪偶然經過，船上的人偶然望出去的目光看見了它們。

剛才，來的地方是一個人們以捕魚為生的海島。

剛才，在擠滿人的碼頭裏，當一艘渡輪駛近來，人們相顧問道：「是這班船？是這班船麼？」

這老婦人問另一個老婦人，另一個老婦人問一個穿制服的人，這時一半人已從閘口出去，另一半人仍坐在長椅上等候。「不，這是回航，不是直航。」

等人們上了船，船又開走了，另一艘渡輪正緩緩地駛近來，人們分散站在兩邊閘口前，不曉得它要泊在那一邊。等它泊到左邊，站在另一邊閘口等待的人連忙湧到左邊來。船上的人下來了，但閘口還沒有打開的意思，於是又有人說：「不是這一艘，不是這一艘哪。」

於是人們又連忙一窩蜂湧回那邊閘口去。我們——我和一位朋友——仍然坐在原來的長椅上，我們一直就沒有站起來，只是坐在這裏看人們湧過去那邊又湧回來這邊。這是很有趣的，這也是很沒趣的。他們走過時會踏在你的腳上，他們不理會背上的大袋或甚麼有沒有碰着別人。

我們當時坐在那裏，正在談話。大概是在談一些跟這節日有關的話題吧，比方說：粽子和詩。這粽子

的節日一年一年地來臨又過去，寫詩的人一代一代的創作說出一些不同的話，叫人注意一些被遺忘的事，然後又被遺忘了。而現在，這一批等船的人爭先恐後地站在這閘口前，只不過是今天無數乘船的人中的一批，當他們垂下頭擠在人堆間，他們只看見自己的腳了。

現在，我坐在這渡輪上，走到船尾張望，看船後劃起的波紋在無人理會中消散。有一尾小魚躍起，閃起一陣水光，我連忙指給旁邊的朋友看——呀，旁邊哪裏有人呢？一定是記錯了。坐在碼頭裏談一些跟節日有關的話題，一定是許多年前的事了。

又不知為甚麼會忽然奇怪地想：既然海面上一艘龍舟也沒有，也許我們乘的就是龍舟吧？可是，當我回過頭來仔細看清楚，我只看見歪歪斜斜的三角形的兩邊，聽見不知是不是人聲的模糊的嗡嗡，這只是一艘載滿了參差的乘客的渡輪，哪裏是甚麼龍舟呢！

（一九七三年六月）

看電視

　　大樹倒下來，發出砰的一聲。望着電視的孩子目光定定的，好像被壓在樹的底下。一隻腳磨擦另一隻，膝蓋抵着小几的角落。小小的嘴唇張開，好像要説話又沒有説出來。「普魯士人來了以後又怎樣？」卡通片中小女孩張大嘴巴，兩腮圓鼓鼓的，孩子愈走愈前，要走進電視機裏去，走進那對抗普魯士人的城堡裏去，就在那圓臉孔的女孩子旁邊。手兒攀上籐椅，向搖搖晃晃的椅子爬上去，笨拙的小腿縮上去。側着臉孔，頭湊到老頭子的旁邊。手放在籐椅上。手放在城堡的磚上，臉上充滿懷疑，不知道普魯士人來了以後又怎樣。

　　短短的小腿試探地伸下來，嘗試碰觸地面。被大人趕回去，不情願地退回沙發的花草叢中，與伐樹聲音又隔了一段距離。坐在沙發上。瞪大眼睛，頭髮垂到眼前，也沒有撥開去。普魯士人扶着一根大木杉，向前衝過來。木杉的一頭是削尖了的，一直向前衝過來。孩子向左向右挪動屁股，向後緩緩退去，倚在沙發的靠背上。

　　城門砰砰澎澎作響，磚石碎散地上。張大眼睛，孩子用手推開拉他的大人，不願意去吃飯或做事，要回到那城堡裏去。手搔着小腿，腳不自覺地縮起來。

眼睛的視線毫不動搖，頭也不擺動。短小的手臂掙脫別人的拉扯，交叉起來，又沉回那些磚石之間。

那些普魯士人呢？他們現在排着隊伍，離開城堡了。孩子挪動身體，從沙發下來，手按着小几，又向前走一步，臉上好像有憂愁，好像有快樂，好像有苦惱和高興，眼睛望向前邊，望向前面不過四五呎遠的這一面熒幕，那些不穩定的光線閃閃，普魯士人愈去愈遠。不理大人的呼喚，孩子又湊近頭去，但普魯士人已經愈去愈遠，不理會孩子的呼喊，把他留在後面。

(一九七八年五月)

棄置的電視機

　　有幾星期了，每次去到這位朋友家裏，在客廳一角，都看到這具舊電視機。因為換了彩色電視機，這具黑白的就移過一旁。仍然是龐然一座，看起來完整無損，不過木門拉開了，露出裏面暗啞空洞的藍色熒幕，在支腳的後面，可見一根棕色電線的尾巴，跟電的來源截斷了，像一根斷了的尾巴，軟軟地垂在地上。

　　「我不熟悉電視機的價錢，」朋友說：「但我一直聽人說甚麼黑白換彩色呀，就總以為補上一點錢，就可以換上一架新機了，這大概也是中了現代廣告的毒吧。等到去一家一家電器舖問起，才發覺，舊電視機是不值錢的。我很難接受這樣的觀念。一座仍然可以看的黑白電視，竟然一文不值，有人說，我只可以出五十元給你買了吧；有人說，我出一百元吧。甚至有人說，你要找人搬也未必有人願搬呢！」

　　他又說：「在我們過去的觀念中，一件用品，總是天長地久的，用到不能再用了，然後才換上新的。仍可以用，就不會扔掉。但是現在都不同了。電視舖裏擺滿新款的電視機，他們說，舊了有甚麼用？即使仍可以看，又有甚麼用？看了四五年，還不夠嗎？」

　　逐家選購電視機的時候，其中一家，答應他們若

買了彩色電視機，就會找人來收購這具黑白舊機。他們說好，安好新機後一兩日，就找人來收購舊機。於是大家約定，生意也成交了。不料雖然安了新機，但那電器行的人卻背約，並沒有找人來收購舊機。生意已做成了，難道咬他們吃了嗎？於是這具看來完整的舊機，就棄置在客廳一角。

「在我們過去的觀念中，使用物品和買賣用品好像都不是這樣的，」朋友說：「真難想像，這麼大的一件用品，仍然可用的，就棄在這裏。最難接受的是，說過的話可以完全不算數。物質和信用都不值錢了。」

在他身旁，機器熒幕啞藍色上的光點彷彿允諾了美麗的圖景，腳下卻軟軟地垂下一截斷了的棕色尾巴。

(一九七七年七月)

不欲教人仰首看

大家畫

　　手放在木板的邊緣，孩子遲遲疑疑地接過大人從水彩顏色筒中拿出來的畫筆，畫板前面正有兩個高大的孩子，孩子又往後退，轉過頭望向「廢物利用」遊戲比賽的攤子。大人俯下頭去，不知說些甚麼，孩子搖搖頭，一隻手往褲袋的旁邊抓。大人拉着他走前一步。在兩個高大的孩子中間，有一小片空白，孩子望望空白，又望望手中的畫筆，大人替他把筆由左手交回右手。

　　在那些密密麻麻的藍色、太陽和屋宇之間，孩子的筆停在白紙上。蘸得飽滿的紅色立即往下流，往下流，像一根線，一條路軌，切入那空白，分開那空白，不知要到哪裏去。孩子看着自己創造出來的東西，然後他用筆，追着那道線，把這根無意中生出來的纖幼的線，塗成粗粗的一根柱。

　　現在筆上下起伏，這小小的漆匠，正在髹一面紅色牆，給自己開拓更大的空間，可以在其中居住。旁邊高大的哥哥，把筆一揮，紙上留下點點藍色；對這玩意有興趣，又再拿筆一揮，藍色斑點也長到這孩子臂上。他停下筆，停止髹牆，不知道發生了甚麼。點點藍色，像藍色的蟑螂，爬上這紅色的牆。

　　他的紅筆的顏色逐漸乾了，在一根線的尾巴長出

了穗子，起先靠着大人的幫助，然後自己跑到筒旁蘸顏色，顏色滴落在鋪在地面的膠紙上。這地方平日是公園遊戲的一角，現在滴滿了繽紛的顏色。大人們帶着小孩，正越過那面寫着「大家畫」的牌子前來。

這小孩蘸了水彩，又回到畫板前面。他剛才站立的地方，已經給一個小妹妹佔去。她緩緩的，在他剛在畫的線上，打上綠色的交叉。他走近去畫，她推開他。於是他只好走遠一點，在已經畫得密密麻麻的符號之間，找一小片空白。

等全都畫滿了，負責主辦的一個姊姊，拿出一些全白的大畫紙，遮去後面那張畫滿顏色的，釘到畫板上去。孩子繼續在空白上畫上自己的符號，他畫一個太陽，一些他想他去過的山，一些他喜歡的動物，還有一些模糊的形象，代表他記掛的人。他從畫板那兒走到盛顏色的膠筒那兒，一次又一次給自己蘸上顏色。膠筒看來那麼骯髒，顏色看來那麼混濁，他的雙手也是花斑斑的。

當他用手握住這管筆又想抓頭的時候，就顯得不方便了。有時他像是擔心，回過頭來看大人在不在那兒。有時他筆乾了還在那兒畫，就好像很生氣的樣子，盡畫出一些乾癟粗糙的符號。他畫得很專心，蒼蠅飛到頭髮上也不理會。有一次他用手抹過嘴巴，在上唇那兒留下了一抹紅鬍子。

又一個比他高的穿短褲的男孩子走到他旁邊，用一根蘸着粉紅色的筆畫起來。這男孩子把筆碰一碰紙，又提起，**觸一觸**，又沒有畫下去，只是在畫面上

留下許多輕輕淺淺的粉紅色的點，不知是甚麼道理。他好像很不在乎，好像沒有留心自己在做甚麼，又好像在表演一個姿勢似的。

　　孩子看看旁邊這個比他高的穿短褲的男孩的表演，然後又再專心地自己畫自己的。他給太陽加上會笑的芒刺，然後又再畫一輛長長的火車，火車是那麼長，由地球的這一端去到那一端，以至一個人僅在火車上行走就可以一直去到自己想去的地方了。孩子專心地畫着他自己的火車，彷彿在想要不要把那些輪子全畫出來。

（一九七八年六月）

不欲教人仰首看

　　在大會堂看他的畫展，看到一幅梅，很喜歡上面一句題詩：「不欲教人仰首看。」他的畫，總是這麼親切自然，絕不會拒人於千里之外。我們看他的畫，看他的自傳，覺得他總是把日常的事情娓娓道來，這並不等於說他瑣碎，而是他對萬物的觀察，從最小的一點開始，這最小的一點──比方蝦的一條鬚──對他來說也是重要的，因為那是對現實觀察開始的一點，正如科學家向顯微鏡中窺望一樣，不同的是這畫畫的老頭要求的不是科學的準確，而是似與不似之間，既不媚俗也不欺世的自然揮灑。

　　他曾經養蝦來觀察牠們的生態，然後描繪牠們。他的寫實不是一種受難式的責任，而是一種頑童養魚的對生命的好奇與熱愛。我們可以想像他繪畫的時候是快樂的，他會對自己身旁的花鳥蟲魚帶着喜愛的眼光去注視，留心牠們的變化，關心牠們的生長，也許有時還不免邊看邊高興地大呼小叫起來，後來，若果他畫，他就會在畫中把這感情畫出來。

　　他繪畫的題材往往是平凡的日常事物，他說過：「畫不常見的東西，覺得虛無縹緲，畫得雖好，總是不切實際。」又說：「幾欲變更終縮手，捨真作怪此生難。」他的畫，往往是從一個親切的現實出發，而

達到揮灑變化的效果。他就是這麼一個實際的人，雙足站在泥土上，眼睛不是向上仰望星辰，而是看着從地面上長出的花木，爭吃一條小蟲的小雞，水中游動的魚蝦和蟹，那都是可觸及，可見其可愛特徵的東西；即使偶然抬頭，也很快就被飛過的蜻蜓或枝頭的鳥兒吸引過去，不去瞎猜天空的深處有點甚麼。可以用眼看見和用手碰到是重要的，因為他是一個木匠，在他一生中他不斷提起自己木匠的出身，他不是甚麼詩酒風流的名士——他自傳裏提到七夕飲酒，老師吟詩而他聯不上句的事，倘若是名士，一定沒有這樣丟臉的事，即使有，恐怕也不會説出來！他只視自己為一個木匠，即是説，曉得如何用自己雙手製造事物的人，而他亦以此為榮。有人説他斤斤計較畫酬，又有人説他視錢如命，但或許正因他自視為木匠，沒有傳統文士假作清高蔑視現世財物的酸氣，才有人這樣説吧。

像他這樣的人，這世界上他周圍的東西才是重要的，看不見的抽象名詞就顯得陌生了。他不談抽象空泛的愛心，但你看他畫的花鳥蟲魚，都是帶着細膩的留神，彷彿是帶着一個親切的微笑畫就的。

他又很饞嘴，畫很多愛吃的東西，他有一幅「小魚絲瓜」，上面題着「小魚煮絲瓜，只有農家能諳此風味。」為甚麼他把這些東西畫在一起？因為他喜愛它們，這些畫的構圖，不是研究畫論的畫師的構圖，而是一個老饕的構圖。不曉得有沒有別的畫家像他那樣畫過這麼多食物？對食物，日常事物的欣賞，也是這實際的一面。

他畫過富貴之花牡丹，但他也畫白菜，他畫紫藤花、菊花、梅花、石榴、荔枝，也畫辣椒，玉蜀黍，他既像傳統的畫家那樣畫山水，也可以畫筆硯茶具、農具、燈鼠，甚至算盤這些在傳統中認為不是「雅」的東西。他有一幅「柴耙」，畫面上只畫了一柄柴耙，然後題道：「余欲大翻陳案將少小時所用過之物器一一畫之」。我們看他的自述，就會記得他怎樣寫童年時上山牧牛，跟鄰居的孩子們玩打柴叉的玩意，把砍得的柴，一捆捆靠在一起，然後用柴耙擲過去，誰擲倒了柴叉，便贏得別人的一捆柴。這柴耙，是他童年記憶的一部份，正如佩在身上的銅鈴一樣。也是童年上山牧牛的時候，祖母擔心他身體不好，所以買了個銅鈴用紅繩繫在他脖子上，好教傍晚時分聽見鈴聲曉得他回來。長大後，他還特地重做一個銅鈴，繫在褲帶上，以資紀念。又比方他童年時窮得沒有吃的，就在田裏撿芋頭，回家用牛糞煨着吃。他後來寫過一首詩：「一坏香芋暮秋涼，當得貧家穀一倉，到老莫嫌風味薄，自煨牛糞火爐香。」又說每逢畫着芋頭，就會想起當年的情景。這柴耙，這銅鈴，這芋頭，對他來說，不是美學上的一個符號，而是他記得它們，對它們有感情，所以把它們表達出來。他對自然界，對一切事物的態度，不同於一些畫家那樣徹底歪曲現實以作為表達自我的符號，也不是純粹臨摹的畫家那樣只有現實而泯除了自我。在他的畫中，我們會聽見他親密地娓娓述說對自然或日常事物的感情。畫了一幅蝌蚪後，他開玩笑地想到自己的字：「看君

不忘學書時」，蟹使人思酒，葡萄使人垂涎，人與外界事物，是處於這麼愉快融洽的關係中。

我們看他畫上的題字，那往往也是很有趣的。有人題畫是為了風雅，他卻不是這樣。他給我們的感覺，就像是一邊繪畫一邊聊天。有一幅葫蘆，他在上面寫道：「今年又添一歲八十八矣其畫筆已稍去舊樣否湘潭齊璜謹問天下之高明」。我們可想像他揮就了這麼一幅葫蘆，心裏有點得意，忍不住叫人來看，說：「我又長了一歲，但你看我畫的可有半點比不上從前麼？」他畫得快樂，忍不住也要把這種快樂來跟別人分享。他畫了兩個鮮紅的蘋果，然後告訴別人這是「晨興一揮」，他畫了牧牛圖，然後告訴別人這是自己童年時的生活。有些藝術家不喜歡展露自己的創作過程，不願說出自己創作的動機；他卻樂於把創作過程的感受與人分享。他彷彿覺得只是告訴一兩個人還不夠，還要把它寫在畫上。有時他甚至會嘮嘮叨叨地在畫上談畫論，在一些山水上他會寫上幾句談畫法的文字。這就等於你站在一個老畫家的旁邊看他畫畫，而他就會咕噥着說：「那天有個傢伙說畫山水要怎樣怎樣……哼！你且看我的。」他的題字有時就給予人這樣的親切感，就像一個木匠在談他的手藝。對他來說，繪畫不是甚麼神秘莫測的藝術，而是像木工一樣可觸摸的手作創造。他的人物笨笨的，但也這麼可愛可親。鍾馗不過是個大鬍子，低着頭，不耐煩背後擦背的小鬼搔不着癢處；無量壽佛的面貌與凡人相去不遠；至於他畫八仙之一的鐵拐李，沒有神仙的

容貌，也不是「附一餓莩之屍而起，故其形跛惡」，反而像一個平凡的赤着膊的匠人！中國的神仙本來就是具有凡人品性的，他的畫作都有這麼一種奇妙的混合。

(一九七三年十月)

陶塑藝人

　　來到這兒，已是下午接近黃昏的時光。在這四週堆滿雜物的院子中，有燒好的陶器，有包紮好的模子。有些陶器擱置太久，在發亮的黃色與綠色上面，還可以抹出一層灰塵。在一旁是些破舊的傢具：轉動不靈的黑色皮椅、缺了幾個抽屜的文件櫃，斜臥着像一個缺了門牙的老人。

　　我們要訪問的屋主人卻仍然那麼健碩，身體強壯而且精神飽滿。他娓娓告訴我們關於陶塑的藝術和掌故。他的故鄉石灣，當年那些著名的藝人，他們的師承和專長。那些名字、那些故事，如果不是由他説出來就很難知道了。許多物品的稱呼，我們聽來啞然失笑。誰知道一個平頂的煲和有耳的煲原來有不同的稱呼？還有那些藝人的手技那麼靈巧，他們的藝術充滿愉快的逞強，而他們的作風，又是那麼狡慧。一個人塑出貓兒眼睛在早午晚不同的變化、一個人塑出鴨子在水裏前進時兩腿的形狀、一個人塑出停在人身上的一頭蚊。我可以想像一個各自以手藝相鬥的自由發揮的時代，藝術曾是那麼親切，從泥土中來，經過藝人心思的燒煅，再回到民間。

　　坐在那個本來寬敞但因為堆滿雜物所以稍見狹窄的院子中，我們聽着過去的掌故，感到那些神奇的

技藝都好像遠了。說到後來，屋主人捧出正在塑造的一尊平凡的人像，讓我們看頭顱是怎樣安上去的。他叫我們必須小心，以免把它弄壞。我們問：這也是倒模的嗎？是倒模的。他用一枝竹簽，修好衣褶上的紋理。

後來，他又說：這些衣褶、這些人的面目和姿勢，不是一朝一夕學回來的。它們都有依據，他學了幾十年，才學到一點頭緒。然後他又感慨地說：當他將來不在，這些東西也就傳不下去，再沒有人會花幾十年時間，學這樣的東西。這時天色逐漸暗下來，已經是新涼的黃昏了。

有人說要學這手藝，而他正式地說：要學習並不容易，要經過那麼多年一絲不苟的鍛鍊，光是釉，就夠你學的了。還有那些人像的外貌呢，每一樣都有它的規矩，並不容易通曉。……需要二十年、三十年，也許還不止。一下子，那些衣褶，那些嚴苛的人和動物的神貌，好像跟我們隔得那麼遠，中間隔了一道不可踰越的鴻溝。

他批評了一些外行的手藝，回答了我們一些外行的問題。我發覺那裏面有它嚴格的規則和內行的術語。我站起來，望向外面遠處廣大的天空，透了一口氣。走過去看窰的時候，我被它周圍的藩籬絆着了，幾乎跌了一交。總是有那麼多不知名的東西。我站在那裏，隔着人們圍成的圈子，設法端詳窰中的東西。而天色漸漸暗下來了。

我們問的學術性的問題不多，屋主人奇怪了：

「你們怎麼盡對故事有興趣？」我笑了，我們根本是想知道一些學術以外的東西。後來談別的藝術，他對畢加索有不客氣的批評。我換過話題，問起他自己的雜學，回到熟悉的話題上去。他於醫藥、掌相、書法、攝影、印刷，都能通曉，這是十分難得的。到了我們這一代，這樣通博的人就少見了。

有人問起這些雜學跟陶塑的關係。主人認真地說：是有關係的。比方看相對人的觀察，可以幫助陶塑人像的神肖，我想這種淵博通達的態度，有它的好處，也是把藝術和生活混淆的民間工藝的優點。就像我們坐着的這個雜亂的院子，有無用的廢物，也有方便使用的工具。

「但是……」有人問到現代藝術的問題。比方說：把傳統和現代精神結合。屋主人搖搖頭，他說不反對搞現代的東西，但他會一直朝過去走的這條路走下去。他所教的學生裏，也有人去試「那些現代派的東西」。他說那都很容易，不用甚麼傳統的基礎。「但是──」我們想說甚麼，又停住了。本來，我想問的，還並不是一種「那些現代派的東西」……

剛才大家有秩序地圍坐成一個圈子，後來走去看窰，走回來的時候，三三兩兩錯落分散，自然改變了原來的秩序。天色已經漸晚，很難繼續討論一個認真的問題。何況我們已經打擾太久，實在應該告辭。我站在那兒，想着在固定面貌的傳統模子和某些沒有準則的放任的現代之間，是不是還有一點別的甚麼。剛才提到用陶塑如齊白石傅抱石用筆作畫那樣，我忘記

追問下去。是應該有人那樣作的，現在有沒有人那樣作呢？

我們要走的時候，走進屋主人室內看他造成的陶塑。他的助手正在為一對麒麟上釉。室內還放着許多獅子、龍、佛像、古典的人像，那些傳統的固定的中國藝術造型。手工精細、造型講究，那些人物的臉容、衣褶、神態，都依循它們應有的本份。這樣一套學問，將來就很少人會懂得了。

天色已晚，我們只好離開。感謝屋主人，告訴我們這麼多關於民間工藝的技術和知識。那些東西是傳統，表現在放在門邊的一匹陶馬的造型中。有人走過去，碰碰它，開玩笑地說：「我們把它帶走！」但事實上，它是那麼沉重，我們沒法完全把它帶走。經過院子的時候，我們又看見那些棄置無用的傢具雜物、有用的陶塑的用具，和模子互雜在一起；本來寬敞的院子有些部份顯得狹小。我們在那之間走過去。

(一九七六年一月)

曹雪芹與風箏

　　新近發現的曹雪芹佚著中，《南鷂北鳶考工志》的序文讓我們看到曹雪芹與風箏的一段淵源。《南鷂北鳶考工志》是一本關於風箏的書，寫風箏的扎、糊、繪、放的技術。他寫這麼一本書，其中有一段故事。據說有一趟他的朋友于叔度來訪，說起生計困難，求曹雪芹幫助。閑談中提起京城中某公採購風箏，一擲就是數十金，這樣的錢，實在夠他整家人幾個月的生活費了！曹雪芹傾囊以助之餘，戲為他扎幾隻風箏，讓他一併帶回去。不想這幾隻風箏，卻使于叔度獲得重酬，解決了生活的困難。其後這老于就以扎風箏為業。曹雪芹由這事獲得啟發，就搜集更多材料，寫成《南鷂北鳶考工志》一書，讓一切「鰥寡孤獨廢疾」的人，可以學習這種技能以自養。我們由這事可以看出，曹氏不但是一位偉大的小說家，而且是一個富有同情心的人。

　　不過，對他來說，風箏一定也不僅是一種實用的東西這麼簡單。敦敏的《瓶湖懋齋記盛》中引于叔度的話說：「芹圃所扎人物風箏，繪法奇絕，其中宓妃與雙童兩者，則為絕品之最，特什襲藏之，未敢輕示人……」他簡直是把曹雪芹所製的風箏視同珍貴的藝術品了。曹雪芹不僅對風箏的製作有深刻認識，而且

也有熱情。據說他在乾隆二十三年臘月二十四日在宣武門裏結了冰的太平湖上當着董邦達等人面前表演過放風箏的技術，此外他製的風箏精美而藝術化，影響久遠。

曹氏在《南鷂北鳶考工志》的自序說風箏「比之書畫無其雅，方之器物無其用」。然而作為藝術家的曹雪芹正是把不雅的東西變為美；作為濟世者的曹雪芹正是把無用的器物變成有用於人。

敦敏的《瓶湖懋齋記盛》雖然寫得瑣碎，而且也不是甚麼好文學，但卻記下了當時曹雪芹的一些生活情況。讓我們曉得曹氏雖然家境貧困，賣畫維生，一面卻熱心助人。比方他幫忙一姓白的老嫗，助以藥石，還安以居室；另一方面又幫助于叔度扎風箏，又寫這《廢藝齋集稿》，其中製風箏、編織、脫胎等手工藝，都可說是為社會上一些「廢疾無告」的人，提供賴以維生的技能。

但除此之外，這記敘文字還讓我們看到曹雪芹日常生活的一面。這位大小說家不僅擅長扎、放風箏，兼且精於烹調，朋友聚會，談笑之餘，他會下廚烹魚，弄出來的菜色，叫人讚不絕口哩。他不是一個只懂書本的儒生，而是一個爽快，有生氣的人物，能欣賞生活上的趣味，即使細節也注意清楚，對每一件事都感興趣，確是小說家的本色；還有他那深厚的同情心，更是偉大小說家的條件了。小說家的同情，表現在他對所寫對象的注意與關懷，卻不必以道德論文的方式出之。小說家的作品可能兼有藝術與濟世兩種特

質，但如何配合，卻是一個問題。有些蒼白的作品，儘管優雅，可能懸空而沒有生命。但另一些小說家雖然關懷現實，在作品中滔滔而談，批判一番，吶喊一番，這些粗糙的作品也不是好小說，這些小說家往往也只是一些不大高明的道德家罷了。曹雪芹在《南鷂北鳶考工志》的序中寫他最初如何為老于扎風箏時說：「適予身邊竹紙皆備，戲為老于扎風箏數事。」請注意這「戲」字。湯馬斯·曼在一篇談文學的文章中說過這樣的話：寫小說的出發點可能是遊戲和娛樂，意義是後來才生出來的。曹雪芹的風箏既美麗又能助人，古今中外的小說家都是扎風箏的人，至於能否在美麗之餘，也能予人一點甚麼？端看每個人的才情了。

（一九七三年十月）

音樂指揮

聽他與上一回聽那位德籍的指揮，最先的印象幾乎完全相反。上一回聽後者，指揮是那麼熨貼、從容不迫，每一個音符都好像經過他撫摸，那麼準確地傳遞過來，綿密但是從容，由頭到尾保持了極好的風度。這一回聽他，這位居住在外國的中國指揮，卻很不同了。起先，就外貌看，也許會叫人感到意外。他的姿勢，既不輕靈瀟灑也不從容，是笨拙、怪異，叫人感到不習慣，甚至激怒人的。但一曲〈狂歡節序曲〉下來，你感到他投入時是如此不同，可以感到他的狂歡與激情，看到一種與眾不同的素質。

從他身上，我們或許可以看見另一種藝術家。他們的外表，一看之下，不會跟人們習慣所謂藝術家的瀟灑連在一起。然後他們開始表現自己了，他們的舉動那麼笨拙，高高舉起雙手，好像要抓住一點甚麼，他們全身都震動了，並不能冷靜地站過一旁，反而像是在極端的寒冷中顫抖或是在極度炎熱中冒汗。他們伸出手去，竭力要抓住那提琴的低訴，號角的尖鳴，他們沒有時間理會自己在別人眼中看來像甚麼，他們放棄了端好衣角和攏齊頭髮，他們甚至不顧風度。你可以想像他們神經質地衝過去要跟音樂抱個滿懷，即

使那兒是泥漿或池沼也在所不計，從沒想到要提起褲管。他們的姿勢激怒你，叫你覺得他不討人歡喜，他不優雅也不完美，但是，不理會人們的冷眼，他們開始跳躍，開始擁抱，開始悲哀，然後，呵，在臉上，綻出那麼溫柔的微笑，呀，是了，在那裏了，那一樣事物，那一種感覺……手帶着依依不捨的擁抱，緩緩地放鬆。你感到一切不同。那真正的沉迷很容易被輕狂所冒充，我們是在說，那種虛假的，藝術家的狂態嗎？不，絕不，這人並不狂。音樂完後，他帶着個老好人的微笑，謙虛的站在那兒，你甚至可以說他的手腳不曉得擱到那裏去。是在音樂中，他整個人跳進去，他死命地從溺人的麻木中划出來，不顧游得好看不好看，他把整個人全投入去，結果獲得了最後的勝利。他不像每一個人，但你到頭來會高興確有這類人存在的。

(一九七七年五月)

啞劇演員

開始的時候，舞台上是一片黑暗。然後，我們逐漸看見一個人用手去撫觸四邊的牆，每一下按下去，就被那無形的牆抵住。逐漸的，他的手沒有伸得那麼遠，他的手沒有伸得那麼直，轉眼間，他所要推開的東西已來到他四週，那四扇牆圍攏過來。

然後，又一次，我看見另一位啞劇演員表演，有一場，演員露出一副哭喪的臉孔，然後用手一抹，抹成一個歡笑；不久，又變回沮喪，然後又用手一抹，又抹成一個歡笑；不久，又變回沮喪……這樣簡單的動作，也說盡許多話了。

然而今天我坐在這裏，聽人談起另一個啞劇演員的煩惱。精神的不穩定、心中的抑鬱。我看着桌面上，剪刀、漿糊、膠紙、墨水瓶，電話……然後是人。人總是最拙劣的啞劇演員。你甚麼時候見過一間房間跑去學啞劇？

而且桌子並不要求人了解，儲物櫃並不生氣，廢物箱不訴苦，衣服不談溝通的問題。但是人，比方我，在這些啞默的物質之間，不耐煩了，所以又在說話。

我曾覺得啞劇演員是最自由的人，當他們表演的時候，他們可以扔掉一切物質，整個世界就在他們的

指頭上，在指端的可能是花朵、電話、一輛直昇機或者一把鑰匙。跳過言語的牽牽絆絆的網，他們用一張臉孔說他們是饑餓還是悲哀。

不過我們到底還是不能不想到：落了妝的啞劇演員是否可以在早晨刷牙時不需要牙刷，吃麵包時不需要麵包，戀愛的時候不需要有一個戀人？真正的啞劇演員是不存在的。

而那些希望做一個啞劇演員的悲哀的人們，他們在世界的屋背上無聲地躍過，一旦他們走下地面來，他們曉得，如果不扮演那扇圍攏過來的牆，就得做被圍攏在牆中的人。

(一九七四年一月)

聖誕老人

　　昨夜你來到我們這裏，像一個中年的聖誕老人，你沒有白色鬍子和紅色長袍，背上也沒有一個大袋，但我立即就認出了那是你，給那麼多人帶來過美好事物的你。

　　我們的相遇，最美麗的是在第一刻。當你從門外進來，人們給我們介紹了以後，你立即就走過來，熱烈地用手環抱我的肩膀，像一個大哥一樣。後來，你身後的隊伍都走進了狹小的書店裏，人太多了，你於是拉着我走到後面去。你說：「我們去看看畫去。」其實，我們哪裏是看畫呢，不過是為了好好地説幾句話。

　　但是，沒多久，連説話的機會也沒有了。總是有那麼多的人。而且我發覺，你需要兼顧那麼多事情：像鹿車的隊伍、禮物的購置與分配、旅途的計劃。走過這麼多地方，你已經很疲倦了。好幾次，我在旁邊看你，發覺你臉孔的線條比我想像中硬朗，你頻頻打呵欠，用手去揉眼睛，但還在回答別人的問題。我看見你這麼倦，也不忍心再佔去你的時間。

　　你的樣子跟我想的有點不同。過去我只是想你如節日的甜美、幽默和快樂。如今我見你實際行事遭遇的負擔與繁瑣。我過去總是想，如果我遇見你，一定

有許多話跟你説，但現在我呐呐説不出話來。我們都有許多事要兼顧，這裏不是畫片兒的世界、詩中的童話。我忽然發覺言語的困難。陌生的言語，阻礙傳達一些細緻特殊的感覺。

我又好像看見我們一起走下一道斜坡。你就走在我旁邊，困難的時間和地點，我竟一句話也説不出來。像是一對分散太久的兄弟，彼此有這麼多話可説，但隔着這麼多事，而且又沒有坐下來好好地對談的機會。一時在前，一時在後，我們默默地走下那道斜坡。

（一九七四年十二月）

嫦　娥

夜很靜，聽見掃街的聲音，竹掃把一下一下擦在街道上，顯得特別安靜，特別空曠。

你在上面的感覺也是一樣？在那個巨大的星球的夜晚中，你可也感到竹掃把在柏油路上擦響的聲音，那些用來烘托寂靜的聲音？

但你自己就是夜了。你是寂靜中唯一的聲音。有人喜歡塵埃，但你選擇月亮。到了現在，你後悔你的選擇麼？

有許多人過得很好，他們很滿足，他們也很快樂，他們不會明白，你為甚麼這麼堅持？他們的股票漲了，他們加薪了，他們添置更多傢具，他們不明白：為甚麼有人奔向月亮？

據說你獲得了長生不老的藥。我相信你是不死的。因為有一天還有人呼吸，那一天還會有人說到你的故事。你在人們的記憶中不老了。你如藝術一般長生了。

但你付出了孤獨的代價。在那上面，沒有勾心鬥角的競爭，但也沒有親切的話語、沒有安慰的笑容、沒有一切補償性的慰藉。你可也有時懷疑過：付出這麼大的代價是否值得？

有人攻擊你遠離了人群，又有人開始嘲笑你的年

齡了。但那些整天活在人叢中的，又何嘗對人有甚麼認識呢？自稱說熱愛人類是容易的。

有人攻擊你遠離了人群，但你的故事其實是最人間的故事。當然又有人說這樣的故事不夠偉大——也有人持相反的看法——，但你已經遠離這些紛擾的議論，你也不計較了。

你是最先奔向月亮的。後來的人追隨你的步伐，卻是為了實用的價值。你是第一個，以後那些不過是摹倣者，而像一切摹倣者那樣，他們甚至否定你的存在了。

在你雪洞般的房子裏，我想像你正是盈臉的笑容，沒有一絲愁意；你回答一個熱心來訪的陌生人說：你就是這樣的，彷彿沒有一點不應該。

（一九七一年六月）

沒有睡袋的天使

——昨夜到那兒去了？

——扮天使去了。

——怎麼樣？

——從天空吊到十一樓的窗外，燈光亮着，戶內的人卻到外面去了。於是我只好在街上徘徊，喝咖啡，並且量度旺角的街道的長度。

——那對藝術家夫婦到哪兒去了？

——去看那部據說有時革命有時不革命的電影。

——昨夜你做天使，到底有沒有幫助誰？

——嗯，沒有。這是天使的淡季。而且我的主顧們打算遷居了。他們把書本一疊疊橫放，以示跟過去的日子斷絕關係。當我去到的時候，他們已作出許多決定了。

——天使可不容易做是不是？

——是呵，首先我被鄰居誤為宵小，然後屋主人打算用啤酒把我灌醉算了。

——那麼，你到底有沒有勸他們？

——沒有。

——但你是一個天使呵！

——不過，當我要勸他們的時候，我就發覺他們兩人都有道理，而且都比我有道理得多。何況，他

們已經把書本一疊疊橫放，以示跟過去的日子斷絕關係。

——後來呢？

——後來，當我傳道的時候，屋主人夫婦，就帶着他們的睡袋回房睡覺了。他們睡得很好，我聽見四十五種鼻鼾聲，如天堂的電風琴。我就想，這是一個神蹟。正如我一夜未睡，惺忪地渡海回家，看見碼頭旁邊的舊鐵罐堆成的高牆，我就想，鐵罐們也不說話，但自有人照顧它，給它在寒風中長上一層銹衣。這是一個啟示。我何必擔憂？於是我找一個小餐館，再喝一杯咖啡，一面記下昨日的工作日程表，交給天使長。

(一九七五年五月)

獨眼的詩人

聽到羅拔・克瑞利(Robert Creeley)來香港的消息，跑到大學去聽他講美國詩。克瑞利？有一段時間沒有翻他的詩了。借出了、失落了、或者不知放到哪裏去了，就像許多別的書本一樣。但他的樣子我仍記得，當他從門外進來，穿一身深藍色的衣服，我就認出他來。他長着鬍子，就跟書後的照片一樣，不同的是照片嚴肅一點，而且照片總是固定的，真人卻是流動的節奏。

他開始講了。他從深藍色的布袋中掏出幾本書放在桌上。他講美國詩。講查理士奧遜、羅拔鄧肯、亞倫堅斯堡、菲立華倫。他講中國文字、詩的秩序、投射詩、內在的節奏。他恐怕沒有怎樣準備，説的很散亂，由一個人跳到另一個人，一個話題到另一個。但他讀詩是好的，他説到每一個人時，翻開詩讀一段他們的詩。他讀得很認真、很自然、毫不裝腔作勢，帶着一種友愛的欣賞緩緩讀出他的朋友們的詩，好像在説：「鄧肯這傢伙真寫了些不錯的句子，你聽聽，是不是？」有一陣子，他每唸一句，就抬起頭來。我看見他長着鬍子的臉孔上，澄明的右眼從架起的眼鏡上望向我們，像一道燈光。

整個講室寥落得很，只有十多人，散亂地坐在

那兒。但當克瑞利講詩的時候，他很專心，甚至沒有環視聽眾。有一陣子他甚至沒有抬起頭，只是看着桌子。有人走了；有人推門出去，過一陣又走回來；有人走去他身旁拍照。他不拒絕也不歡迎。那是因為他在全神貫注說話。他開始的時候說得很散、很亂，慢慢的開始從裏面整理出一個秩序來。他猶豫、思索、放低了聲音，說關於這點我們不用說下去了……

他站起來，在黑板上寫了兩個中文字「人」、「口」，說那些象形之美，說文句的秩序。他停頓，又說下去，他從口袋裏摸出一根香煙，又摸出火柴，點着了。他吸一口煙，把煙放在煙灰缸上，他繼續說下去，坐下來。他坐着的時候看來穩重而嚴肅，但當他站起來，卻又顯得那麼敏捷。他繼續說下去。手按着煙灰缸上的香煙，卻忘了把它提起來。他繼續說下去，許多不同的線索，他從那裏整理出一個秩序；正如從日常絮絮的言語中，整理出詩句。他扶扶眼鏡，另一隻手拿起香煙，發覺已經熄滅。沒有火柴，他說：「誰有火柴嗎？」有人拋給他一盒火柴，他用左手一把接着，說：怎麼，對一個獨眼的人來說，這一招還棒吧？散坐四週的人，望向站在中心的他，笑了。

他站在這散亂人群的中心，嘗試準確地接過一包火柴。那也是他的詩。那也是他的人。不像那些照片中的映像，是活動的；自然流動，但也追求一種準確。他的詩，不是一座紀念碑，完成而密封；他的是愛情、呼吸、流動的景物，人與人的感應，仍在生長

的萬物。像從散亂的日常說話中找出那精萃的文字，他追尋的是那流動，那種氣息，那種節奏；而那精萃，不是優雅，是準確。像他以前在文章裏寫過：自小就羨慕像醫生那樣把工具放在袋子中到處去的人。文字是工具，而詩人準確地使用這種工具，嘗試準確地表達出那種感應，猶如準確地抓住拋過來的一包火柴。

他劃着火柴，點起煙，繼續說下去。他緩緩地唸詩，說一些意見。有些是平常的話；偶然一句，則會像火柴擦亮時，偶然一點火光。當我們翻開詩集，當我們聽別人演講，當我們談話，不也是同樣在平凡的室內，等待那偶然擦亮的火柴的光芒？

克瑞利寫過一首贈給鄧肯的詩，叫做「門」；寫過一首贈給奧遜的詩，叫做「醒」。你可以說是火柴的光芒，你也可以說是一扇門、是一回醒，或許你可以乾脆說是「詩」，從平凡的言語的火柴擦亮的一點光。

當克瑞利再唸詩，我就看見他眼中那一點澄明的光芒了。這一次，他唸的是自己的詩，作為結束。他打開小小的記事簿，讀出這次旅行寫下的一些小詩，一些速寫畫那樣的小詩。看來他帶着這本記事簿，就像畫家帶着寫生冊一樣。

原來他就住在維多利亞公園旁邊的華都酒店。他寫他站在玻璃窗後面看到的街道上小小的人和車。他寫公園中放船的小孩、寫一個男子把風箏放到樹上去。這孤獨的旅客，瞪着鷹般的眼睛看山邊的小屋和

公園中的遊人，然後把一切記入小小的簿子裏去。他讀到某句，然後停下來，作一個手勢說：「我喜歡那樣的節奏。」然後再重讀一遍。他好像很高興捕捉到這樣的節奏。他對我們笑起來，平凡的臉孔，一隻眼睛好像閉上了、淹沒了；另一隻眼張開來，帶着雙倍的光芒。

(一九七六年四月)

老詩人

他已經很老了，看來很高大，有一個胖胖的肚子，他剛午睡醒來，旅途的疲倦還未恢復。他正在說排練朗誦詩時在那官僚機構的麻煩遭遇。他的手左轉右轉，作着手勢，顯示他們如何在那狹隘冷漠的大廈覓路前行。走下樓梯，去到這個或那個房間，甚麼都沒有準備，問櫃臺的小姐，她們也不知道。設備不如理想，音響有點問題，幫忙的人手不足夠。他想把這事敘述成一趟滑稽的經歷，但後來也只是笑着，無可奈何地搖搖頭，說算了，不用調換甚麼了。

旅程的疲倦，健康的問題……晚飯的時候他不喝酒只喝汽水，教認識他的人大為驚奇。他笑笑，說一句笑話。他坐在那裏，在答話時說起一些熟悉的名字，那些他認識的人，那些已經逝去的，留在書本中的名字。

飯後有人提議他與古琴配合，試試明天的朗誦。他在一個覆轉的瓷盆上，用手指敲出音樂，嘗試表達他所要求的節奏。他兩手的指頭敲在盆的兩端，好像在輕抓一些不可見的事物。好了，奏琴開始，他也開始朗誦。他讀了一遍，再讀另一首。然後他說了一些意見。他有些要求，但也不大堅持。有人問：要不要再來一次？他說：不用了，不用了！現在這樣已經不

錯，真的不錯。然後他笑道：「我們用不着把自己弄得疲倦得要命才罷休呀！」

算了。於是他又沉回沙發上。枱旁放着他的詩集，過去那麼多年，他出版了許多小書。他拿起其中一本，那是一本他譯的日本女詩人的詩集。其實並無那日本女詩人其人，只是他捏造的，是他開的一個玩笑，他對騙倒那麼多人，感到十分開心。在笑聲中，有人說他真可愛，他說：我是那活佛呀！然後他又閉上眼睛，挨着沙發，擺擺手，彷彿說：算了。

（一九七八年六月）

手托木偶戲

去看廣東手托木偶戲，但卻不是在街頭，也不是在戲棚中，而是在德國文化協會。外國人固然是帶着好奇的眼光來看這甚麼曹操關公的中國木偶戲，事實上，我們中有不少人也是第一次看到。小小一個放映室，擠滿了人。人愈來愈多，擠在人叢中，聽喧天的鼓樂，倒是有童年時跟着大人在戲棚中看大戲的那種遙遠的感覺。

以前有一部由李絲莉嘉儂和米路花拉主演的電影，叫做《孤鳳奇緣》，裏面就有木偶戲。李絲莉嘉儂演的女孩，有甚麼心事就向木偶傾訴，還跟木偶一起唱歌。不過那些木偶是出現在一個舞台上，有帷幕圍住下面，由人在幕後控制。等到這女孩發覺木偶不可能有自己的生命，拉開帷幕，才發覺在後面的是單戀着她的米路花拉！不過這是在舞台上表演的木偶戲，倘若是手托木偶戲呢，恐怕就沒有那末羅曼蒂克了。

因為看手托木偶戲，我們既見到高舉的木偶，也見到用手托起它，牽桿舞弄它的人。在上面是穿着鮮艷戲服的木偶，揮一揮袖，擺一擺頭，踢一踢腿，好像是自有生命。但其實是底下那些藝人給予他們聲音，給予它們動作，也即是給予它們生命，偶然，他們自己也抹一把汗⋯⋯

這些木偶戲的藝人沒有裝扮，他們隨便地站在後面，到他們所托的木偶出場時，便抬起那軟軟地攤在戲服箱上的木偶走前幾步，這樣的演出沒有甚麼粉飾，沒有甚麼司儀宣佈，沒有出場的鼓掌，沒有台前台後的分別。也許因為這是歷史悠久的民間藝術，慣了在街頭，與觀眾打成一片，插科打諢地演出的。面對正襟危坐地鼓掌的觀眾，反有點不慣了。

木偶戲的歷史久遠，有人考據說發明於劉邦被匈奴圍困的時代。據說當時劉邦為冒頓所圍，而冒頓妻閼氏，兵力最強。陳平曉得這位閼氏生性善妒，所以就造一個木偶，讓它在埤間翩翩起舞。閼氏看見，以為是個漂亮的女子，擔心丈夫在攻下這城後會起異心，所以就解圍而去。

不管這傳說可信不可信，就像說古代的羊侃被圍城時令小兒放風箏以召援軍一樣。我們今天只曉得木偶和風箏是遊戲，在古代卻有過實用的用途。由實用性的用途變為非實用性的用途，逐漸更只剩下裝飾性的一面。正如古代的器皿衣物，民間藝術只留下它的形象，而不再是生活在大眾之間的娛樂，木偶戲的臉譜會留下來放在展覽廳，但它的鑼鼓恐怕就要逐漸暗啞下去了。

在古代，木偶戲曾經成為一時風尚，由滑稽戲舞而至有了情節的戲劇，風行於朝野。木偶戲在成熟期粗略可分為懸絲傀儡、杖頭傀儡、水傀儡、肉傀儡等，又有人加上藥發傀儡，不曉得是甚麼，有說是藉火藥以使木偶活動，只能存疑。懸絲傀儡即扯線木

偶,水傀儡是在船頭上玩的,至於杖頭傀儡,恐怕就是我們所看的手托木偶戲了,因為這種木偶依賴竹棍支撐全身,由人手托舞弄之故。肉傀儡最特別,是由孩子扮木偶的戲舞,由大人當他是木偶那樣擎高!木偶本是扮演人的動作,但因為精巧有趣,到頭來反而由人去扮木偶。正如民間藝術逐漸失傳,而許多現代藝術家反希望從民間藝術吸取營養一樣,做得好是豐富他們的藝術世界,做得不好則只是人扮木偶了?

木偶戲到了現在,當然已不再風行,逐漸成為陌生的東西。這一趟在香港舉辦的木偶戲,據說有一個目的,就是希望挽救木偶戲的沒落。

當晚的觀眾之中,有許多都聽不懂戲文,不懂傳統戲劇中的精妙之處,但是其中一些花招吸引觀眾看下去,看到木偶揮刀格鬥,或者晃脫了帽子,在水中游泳的姿勢,外行的觀眾也拍掌了。又或者演員插科打諢,加進一兩句與戲文無關的笑話,外行的觀眾也笑了。

這根本就是給外行的觀眾看的,而又有甚麼不對呢?如果這種傳統藝術還要繼續生存下去,它就得學習在充滿外行人的世界生存下去。它不能只是說:「這是優秀的傳統,這必須保存,」又或者:「這是十分深奧的,不跑過龍套不會懂……」這樣說是沒有用的,排斥外人接受,結果只縮窄了圈子。

當晚樂師和戲子全都在我們面前表演。開演前,主持的外國女士解釋說樂聲是「很吵」的,儘管已經把它移到旁邊的房間去了,但是,那些聲音還是很響

亮……然而我們曉得，這鑼聲將會隨着時間逐漸暗啞下去，它將會移往「旁邊」的房間，更「旁邊」的房間，移至電視機的天線的羅網之外，巨大潔白的牆壁之外，冷氣機的震耳的靜寂之外，到達那介於遺忘的渾沌的冷冷的地帶去……而現在，鑼鼓還在響着，藝人再一次托起那放下多時的木偶，讓它揮一揮袍袖，唱一段戲文：立功歸來的周蒼賴在門外，不願進去見關公，他也有他的尊嚴，他要乘轎，好了，於是便來了兩個兵丁，做勢抬起他，他的懸空多時的尊嚴獲得象徵式的滿足。然後便是審訊擒獲的敵將，行刑的手起刀落，鑼鼓聲中木偶的頭彈起落地，觀眾十分讚歎，然後讓人把手中抬的木偶放回戲服箱上，把那沉重的負贅放下一會，抹抹汗，看着別的人上場……

（一九七三年十月）

百水先生

　　我想他比較像一隻蜘蛛，吃飽了油彩，就在畫布上爬行結網。他的線都是圈子、羅網、螺旋，像是樹的年輪或是人的指紋，簡言之就是蜘蛛網。他說不喜歡直線，當然哩，你哪裏見過一道直線的樹的年輪或人的指紋？更不用說，你哪裏見過一道直線的蜘蛛網？

　　他的線都是彩色的。也許因為吃飽了油彩，所以爬行在枝椏之間，細緻地結起的網，都有濃麗的顏色，迎風一吹，也許還會響起耶耶的聲音呢。他的顏色很濃，很固執，深紅，深藍，深綠。有一些，還揮霍地灑下點點金與銀，燦爛而浪費，而我想，這是蜘蛛的飽呃。

　　我想我是又喜歡蜘蛛又不喜歡蜘蛛的，這種矛盾的心理，我且看可否説個明白。也許，讓我們不要誇張，還是説我喜歡蜘蛛多點。我喜歡他的顏色，構想，頑皮與惡作劇。他像在樹間移動的昆蟲，或是蠕蠕前行的阿米巴，他伸出觸指探索，把面前的新鮮事物包圍，消化，分解。那就是他畫中的圓泡泡。「在心愛的花園中的泡泡」，瓶中的圓泡泡或窗外的圓泡泡。它們是花朵，燈泡或是棒棒糖？它們是他這變形蟲消化了的景物。這生物是可愛而巨大的，吸收一

切，爬過樹叢和十字路口，人們的平房或是印度的宮殿，把一切消化，吐出涎液，耐心砌成牠的燕窩。這燕窩是可愛的。

他不僅是描寫現實，他砌就心中的窩。所以撒尿小童有摩天大樓那麼巨大，而且頑童何嘗不可以在巨廈前面撒野？他的巴爾幹半島的一瞥夾着一張女子巨大的臉，他的巴富區的一周用氣球飄浮着四方體的愛，他的十字路口少不了人臉，而且他更把這些焦躁的人化為被釘十字架的神話人物。他有幽默和顏色，伸出觸指包圍面前的一團東西，把它消化為自己的一部份。

他的線，都是螺旋形的線。是一隻蜘蛛在屋子與屋子間走出來的線，也是一個人在路上走出來的線。他在巴黎開畫展時説自己乘一輛腳踏車在大大的巴黎漫遊，留下許多線，他畫中那些螺旋形的線，是一隻蜘蛛乘腳踏車、步行、在屋子旁邊測量時所留下的線。

這隻蜘蛛，既是鄉村蜘蛛也是城市蜘蛛。它獸伏在摩天大樓頂樓的屋簷，凝望進一塊冷冷的玻璃去，他想在玻璃那兒看見綠草，在窗框那兒看見臉孔。——「當你帶愛等待的時候愛不在那裏是很傷心的」——臉孔不僅是臉孔，千百格房子中有一格是愛情。——「給傷心人哭泣的草地」——草地跟傷心連在一起。這隻蜘蛛窺伺着房子，猜想房子中人的心情。

他也是非常關心房子的。他説人家問他既然是畫

家為甚麼也搞雕塑，他說因為自己是人，所以關心人居住的地方。他批評大都市的建築物，說紐約每幢大廈裏住着好幾個精神病醫生。又說去人家的房子探訪時會帶一堆彩色塑膠版去，把它改漂亮點。他說不要做房子的奴隸，要感到自由才進屋去。所以他無時不設法改變房子，甚至在他展出的房子模型的雕刻中，把樹種到屋背上面去。所以他實在是一頭把鄉村帶到城市去的蜘蛛。不過帶到城市去的鄉村是跟鄉村不同了。那些奇怪的模型中，草坪壓着房子，上面種滿樹木，或是房屋低陷成洞穴，上面是大幅美麗的草坪和樹木。他說自己是個愛樹木的人，他敢情是。不過我又忽然想到，如果人們住在這些設計出來的新款洞穴裏，樹木是多了，但陽光和空氣是不是相對少了？綠茸茸的一片是漂亮的，我忍不住伸手出去摸了一下(後來才看見那個「不准觸摸展品」的牌子)，觸手是麻麻的，總覺得不夠痛快。我也是喜愛樹木的。但我想一個住在香港某處的人與一個奧國藝術家對樹的喜愛是有一點不同的。

蜘蛛編織嚴密的網。有時我覺得自己是蒼蠅，給它弄得「暈陀陀」的，讓密密麻麻的顏色綁住了。這教我想停下來，吸一口清新空氣，想在網裏找一個空白的空間，飛出去。這些網裏是很少空白的，後來我發覺，很有趣，它僅有的空白，是他砍開畫板挖出的洞。

這隻蜘蛛在一旁窺伺，注視世界，它從窗內窺望窗外，外面的風景連着窗簾；它從擋風玻璃內窺望

街道，看房屋在水潑旁邊生長。牠尋找奇怪的觀看角度，透過水滴注視城市，從禿者的頭頂俯望他如草的鬍子，瑪達在形如尖塔也如高髮的錐形下觀察她的朋友，也許她想她看透了他們？蜘蛛的觀看角度是一個個奇異的觀看角度，給我們帶來新鮮的感受，讓我們從一個新鮮的角度看事物。

這樣也好，當我慣了從一個人正面看他，偶然試試從蜘蛛的角度看看他的禿頂，一定有全新的感受。當我們對事物和觀念麻木了，不如試試蜘蛛的方法。

不過蜘蛛也有一種習慣，就是當牠在牆角獸下來，就不斷拉着線來來回回，重複又重複地兜圈。牠細緻的手工精細，但重複的時候使人暈眩，麻木，逐漸就安睡在這既成的網中。而網裏，有時有發光的紅色甲蟲，有時只是蚊蚋的零羽。

蜘蛛的網線織成圖形，有形如人的花瓶，有形如花瓶的樹。最後成為一個包含各種事物的圓形，一面捕捉了各種昆蟲的蛛網。曲線是有生命的，樹是神聖的，亨德華撒說，不過我想，每一道曲線都不同，每一株樹都不同，藝術家之成為藝術家，也看他怎樣畫每一道曲線，每一株樹。曲線和樹，並不是一個保證。一百道水流，可能匯向大海，可能匯入沙漠。我看見你在編織一百道自然的水流，他們在你的網上好像真是有淙淙的水聲呢！水先生，噢，蜘蛛先生。

（一九七四年四月）

魚的魔術

　　家裏的牆上，有一張〈魚的魔術〉的複製品。奶白色的牆上，這一方藍汪汪的海洋，也是一個夢的水族箱。在那裏，你看不見直往上冒的水泡，溫度計，或是人工的假山，但是你卻可以看見人，戴着小丑般的尖帽子或是張着手作着舞蹈的姿勢，你可以看見花瓶和菊花，月亮和時鐘；當然，還有魚，一二三四五六尾魚。魚的魔術是克里(Paul Klee)的魔術。他是一個魔術師，因為他可以把各種不可能組合起來的東西組合起來。他脫下帽子，向我們一鞠躬，然後，從帽子裏抽出一尾魚和一個月亮，一顆星和一朵菊花，有時，那是尖銳的箭咀，指向的符號，有時，那是煩憂或尷尬的人的面孔，有時是死亡的扁臉，有時是摔角的天使，他的帽子裏，甚麼都有。

　　我看着畫中那六尾魚，牠們有些很胖，有些已經餓了幾天沒吃飯了。牠們都有淘氣的、像要笑的嘴巴。克里也畫過不少魚，記得有一張魚的畫，畫面上便是畫着十多尾不同的魚；又有一張〈藍眼睛的魚〉，畫面上是兩尾像樹葉又像圖案的魚，這兩尾魚：藍眼，綠色的骨頭，紅色的尾巴，像魚，也像玩偶。畫航海人辛巴傳奇的那張畫裏，便有三尾魚形的

怪物，菱角形圖案的身體，卻有野獸的虎虎的貪婪的嘴巴——克里的特色，便是這種圖案設計和動物活力的混合。這也是克里魔術秘密之一。

克里這幅〈魚的魔術〉，畫面上充滿許多單獨而沒有相連的事物，是克里把它們連在一起，使它們互相和平相處，而又不顯得突兀。他的魔術令魚可以游泳在月亮旁邊，花可以在懸空的時鐘附近開放。

而那些魚，那些花，都是全體構成的一部份。是圖案中一根對稱的線，也是戲劇中的一個演員。魚，在左方有三尾，在右方也有三尾，而在四個角落，都有一個圓。這些都好像是對稱，像圖案一樣。但是，我們看來，卻不覺得它死板，生硬，或是刻意要求對稱。只覺得它們偶然走到那樣的位置，就像我們從不懷疑大自然的事物會是生硬和死板，或是刻意要求對稱一樣。這些畫面，既是經過選擇的有意排列，但又保持了事物活潑的力量；既是像生命一般蕪亂不馴，但又是有秩序的。

魔術是為了使人驚訝，使人愉快或是感動。為了使人驚訝，必須從超乎常規入手，要跳過平凡呆滯的老規矩，用魔術棒一點，使一切佈上一層神奇光芒！但另一方面，魔術一定得要有自己的秩序，然後觀看的人才能欣賞，才能整體地了解它的起伏，接受那驚訝或感動，藝術也是一樣。

克里畫過早餐，金色的魚，還有其他，都畫了魚，那些魚都是圓環圖形的一部份。他的魚，就像他

用的其他題材，都是他的魔術。這些游泳的魚，是他的圖案，是他追尋秩序之美的工具，本身也是充滿生命，充滿神秘的。

(一九七四年十二月)

人的面貌

　　去看大會堂展出的《當代意大利雕塑》展覽，上了博物館的樓梯，轉往右方，我們最先看到的是洛素的〈頭像〉，那是一個面目朦朧的頭像，彷彿還未完工，那人像的臉孔已經有了輪廓，但還未清晰地從青銅的材料中浮現出來。這作品的原名是〈看這孩子〉。我們去看這雕塑展覽，在大部份是人像的展品中，可以看見這些藝術家如何用他們的材料 (多是青銅，偶然也有鐵、鋼，或是鋁) 塑造出他們所知所感的人的面目：或是朦朧，或是清晰，或是美好的具體形象，或是抽象的線條結構，或是古拙的純樸，或是現代的扭曲，或是感情的抒發，或是機械的壓抑……這種種，都是人類多變的面目，也是敏感的現代藝術家紛紜的看法。

　　馬丁尼的〈短跑選手〉，一個裸身的青年半蹲下來，雙手按着地面，眼睛瞻望前邊，他是一場賽跑的參加者，正待比賽開始的訊號一響，立即就要如脫弦的箭矢一般疾馳遠去。這雕像是具象的，線條簡拙有力，猶似古典的雕塑作品，即使在題材上，這短跑選手，既可以是現代人，也可以使人想到古羅馬的競技者。但另一方面，馬斯徹里尼的〈希臘式人像〉和〈合唱團〉雖然在標題上流露古典的意味，但處理方

法卻是現代的。〈希臘式人像〉中兩人的身體，簡化成兩個粗糙的人形，沒有雙腳，頸子是幼長的棒枝，頭顱是不規則的四角形或五角形的小方塊。那希臘式的形象仍在，但卻經歷了由古代至現代，彷彿身軀的厚重篤實剝落只剩枝幹；當然相反來說我們也可以說這是現代藝術家對古典藝術的致意，用現代的技巧，回應古典的精神。

但現代人的精神面貌卻是經過很大的變遷了。所以在展覽中，我們可以看到塔發納利等人的賈可梅提式的枯槁、面目模糊的塑像。

表現人的殘缺，民古斯的〈戰士〉也是一例。那只是一截殘損不全的身軀，依附在一塊充滿破孔的金屬體上。民古斯的另一作品〈男人與雄雞〉，雄雞伏在男人頭上，而男人的臉孔，手腳，都變得跟雄雞相似，人的身份低抑了，貶至禽類的地步。在展出的幾件人與動物的雕塑中，孟舒的〈小孩及鴨〉的形體比較傳統，是看得分明的一個小孩及一頭鴨在嬉玩；克洛徹蒂的〈馬與騎者〉，馬與騎者已混成一體，但那是同歷風霜的人疲馬困，是唐吉訶德或其他騎士的人馬一體，人騎在馬上面，馬看來跟人相似。但〈男人與雄雞〉卻是雄雞高倨在人頭頂，而人逐漸變得跟雄雞相像；到了博丁尼的〈寶拉、鴿、玩具〉中不管人物，還是鴿子，都看來跟機械化的金屬玩具相似了。

在南美等地的原始雕塑中，我們往往會看到人與動物形象相混的身像。主要的原因，當然是因為自

古以來，動物是人類最常接觸的，是日常食物，蔽身毛皮的來源，是最親密的朋友也是最逼切的敵人。當初人類的生活仍然跟動物相似，人們缺乏科學知識，對不解的事情只有憑空猜度，把大自然中使他們恐懼的現象加以種種解釋，而當他們臆度神的面貌時，他們用上一切可見的材料(動物和人的面貌)來揉合成一種幻想的神奇的面貌，以表達他們的怯怕，痛恨或敬懼。

在現代雕刻中卻少動物的表現，大概是因為人與物已脫離了密切關係，人已能駕馭大部份動物，對牠們已無大的恐懼。但有另一種新事物代替了動物的位置，那就是機器。人們與它們也是保持着既密切又恐懼的態度。

機器代替了動物的位置，成為人類最親密的朋友也是最逼切的敵人。而人對機器則如初民對動物的感覺：既需要依賴它們獲得生存，另一方面亦害怕被它們吞噬。所以這個意大利雕塑展覽中，意安多路的〈鬥士二〇〇〇〉和〈衝擊〉，顯示人在機械拘束中所受的傷害。更明顯的是樊吉的〈作為射靶的人〉和〈立方體中的人〉。前者讓我們看到一個爬在圓形射靶上的人，他暴露了自己，成為狙擊的目標，他顯得那麼渺小，那麼軟弱無力；而〈立方體中的人〉，一個人被一巨大的金屬立方體吞噬了，只露出頭顱，掙扎着想爬到外面去，但全身大部份已陷在這立方體中，動彈不得了。

正如初民把未知的神秘力量幻化為人獸混合形象

的神，現代人想像出一種人與機器的混合體，既具有機器的力量和盲動，又具有人的狡點。博丁尼的〈工業家胸像〉便是如此的一種「神像」，胸像機械化猶如機器，一手拿硬幣出去，一手取回，這神所傳的宗教不用說，正是現代人的宗教——「金錢」了。

看這一類雕塑，我們會覺得真是醜陋。還有芬諾蒂的〈午餐紀念品〉，那午餐，吃的不是甚麼食物，而是一柄斷叉叉着人的嘴唇；又如卡發里爾的〈維玉拉的櫻桃〉，不是甚麼樹上新鮮的櫻桃，而是瓶裝的，看來有點發霉的櫻桃；又如特路邊尼的〈三式麻雀〉，由熨斗，插頭，人腳之類構成日用器具與生物之間的四不像。這些大多是描繪現代人與現代生活的扭曲與變形的面目。但藝術家是能看見醜也能看見美的人，所以另一方面，在〈格力哥〉的女像〈愛歌〉，在馬辛納如狄嘉筆下舞娘的〈芭蕾舞者〉，法斯尼的〈婦人乾身〉或美洛蒂精巧的〈蘋果與太陽〉中，我們看到這些藝術家對美好形象的追憶，欣賞或是期盼。

在這個《當代意大利雕塑》展覽中，還有另一種人像。比方尼格里的〈雙頭柱〉和〈老國王〉，其中人的臉孔和身體的形狀都簡化了，臉上沒有五官，身上沒有四肢，變成介乎人像與圖案的形狀。而且人與物件互相混合：臉孔與柱，老國王與他所坐的座位，都連成一體，分不開來。

又如米爾克的〈說故事者〉，馬斯杜里安尼的〈大人物〉，卓志的〈人物〉，都是只留下一個人的

輪廓，它們由金屬材料綴成，那物的材料如此分明，人的質素卻見稀淡，到頭來是近於物形而遠於人形。如馬斯杜里安尼的〈大人物〉，是用鋼造的，看來像一堆充滿裂洞的破銅爛鐵，標上這樣的題目，也不無一點諷刺的意味。

又如西諾里的〈胸像〉和〈黑天使〉，韋安尼的〈安娜麗莎〉和〈裸女〉，拉茂斯的〈手〉和〈姿勢〉，更純粹是抽象的了。人體最後只留下線條的波。一個人不過是一個抽象的形，一隻手不過是梳形的五線。人的堅忍、勇敢、高貴之類的素質固然稀薄如無形，進一步，甚至喜、怒、哀樂等感情亦逐漸消失，在這樣的情況下，看這樣的人類，亦只能如物件，如機械般去看，看他們的體形、律動、姿態，欣賞純粹的構圖。無數的線、無數的球形、無數冷冰的金屬體……這是人類的將來？或許是的。每個人對此的看法都會不同。一些藝術家視之為夢魘，另一些從中看到新的形象，又另一些在這冰冷的新世界中創造新的抒情。索明尼以金屬的拗硬來表現自然的市景，格丹尼路的〈故事第二號〉和〈臉孔之追憶〉卻是在殘損的面貌中有感情的追憶。這些藝術家都自覺現代生活和現代人的面貌，卻以不同的方法表現出來。

（一九七四年四月）

高興地看見馴鹿
—— 談愛斯基摩版畫

　　這個長着黑色鬍子的漢子，高高地舉起雙手，到底有甚麼事情令他這樣高興？

　　是因為他看見了馴鹿。這是勃圖各(Pootogok)畫的〈高興地看見馴鹿〉。

　　在另一張畫裏，在孩子單純的臉孔旁邊，畫着不成比例的兩頭小小的狗兒，那是伊魯舒斯(Elushushee)的〈孩子夢着狗兒〉。而另一張，在海豹圓圓的頭顱上，站着一個幽靈般的人，那則是泰力(Tudlik)的〈海豹想像中的人〉。

　　這些畫，大膽天真猶如兒童畫。它們的畫法樸拙，又有豐富的想像力和幽默感，充滿大自然動物生活的夢幻；但這些畫都不是兒童畫。到底是甚麼人，可以有這樣一雙孩子的不受拘束的手？

　　他們是愛斯基摩人。多年來，他們過着樸素的生活。他們活在冰天雪地中，住在冰雪築成的房屋裏，捕獵海豹和馴鹿，釣魚為生；他們用野獸的皮做衣服，拿牠們的油點燈；而在閑餘的時候，為了迷信或自娛，他們也作畫和雕刻。據說大部份愛斯基摩人都能創造美麗的雕刻品，就像一切民間手工藝人一樣，他們從創造中獲得趣味，互相觀賞為樂。他們的小件雕刻，用布裹起放在家裏，客人來時拿出來傳觀。他們的對象，不是美術批評家而是親切的友人；他們的

藝術，最先不是為了放在博物館展覽而是放在手上撫摩，所以藝術品的背部和底部都造得同樣用心。畫畫的時候，他們相信，如果認真地刻劃一種形狀，可以給自己帶來好運，所以他們就認真地畫胖胖的海豹、畫四方頭的貓頭鷹、畫他們自己的生活和想像。而這些畫的背景，這些版畫的底色，往往是一片白。那白色，是冰天雪地的背景，是他們平凡的日常生活的底色；靠他們的創作，才添上多彩的顏色。

　　他們畫得最多的是鳥獸、人和神靈。他們的世界也是如此單純。畫人看見馴鹿的快樂、人夢想狗或海豹想像人，都表現了人和動物之間的親密關係。這是因為對他們來說，馴鹿和海豹之類的動物，不僅是重要的獵物，也是他們在這世界上的伴侶，其他鳥獸也是一樣。他們有時把馴鹿的四腳畫得彎彎的、把海象畫得又肥胖又笨拙、把小貓頭鷹畫成彩衣的小丑、鵝的頸子長長的、鷹站在麝牛背上嬉戲。畫中的這些動物都不兇狠，或許有人說這不是準確的寫實，但這可見愛斯基摩的人生觀：野獸是獵物也是伴侶，捕獵是彼此相鬥，誰輸了就被宰掉；沒有內疚，也不把對方醜化，是直接爽快的關係。從這些畫中，可見這民族爽朗樂觀愉快的一面。一首傳統的愛斯基摩詩〈櫓夫之歌〉中有這麼幾句：

　　離開屋子來到空地上，我覺得快樂。
　　偶然來到海上，我覺得快樂。
　　如果是真正的好天氣，我覺得快樂。

所以他們是看到好的天氣覺得快樂，來到藍天碧海之間覺得快樂，看到要狩獵的馴鹿也可以覺得快樂的。

野獸，對於愛斯基摩人來說，比對文明人有更大的意義。我們在一部記敘愛斯基摩人生活的短片中，看到愛斯基摩少年以慶祝獵到第一頭海豹作為他成年的儀式。在這盛大的慶典中，他就在那裏，看着別人分食他第一頭獵物，靦覥而又驕傲地笑着。對於一個現代城市的少年，或許是跑車、單車、收音機和攝影機，但對他們來說則是親手捕回來的一頭海豹。

野獸一直生活在他們周圍，不是動物園裏的奇觀，而是衣食的來源，伴侶以及致命的敵人。據說愛斯基摩人在捕殺一頭海豹後，向牠口中倒入一勺清水，因為他們相信海中的海豹被捕上釣是為了想喝清水，所以他們滿足牠的慾望。他們對敵人也這樣遵守諾言，互相敬重。

他們對野獸也有敬意。他們是外面不可知不可解的世界的一部份，也可以是神靈的化身。盧絲(Lucy)畫〈鳥靈跟隨小孩〉，簡娜澤(Kenojuak)畫〈鳥女之靈〉。説他們畫得最多的是鳥獸、人和神靈，而這三者也是互相混淆、互通形象的。尊尼堡(Johnniebo)畫〈塔露拉勇和鳥〉裏面的塔露拉勇，就是個魚尾的人；盧絲畫的〈鳥靈〉，是人和鳥和幽靈的混合物；帕亞(Parr)畫的獵者和野獸，同樣是如乾木如石塊的一團；匹斯奧勒(Pitseolak)的〈天地之夜魔〉，如鳥如獸也如人。而簡娜澤的〈鳥女之靈〉則是鳥、女子和神靈三者的混合。

在他們的世界中，幽靈並不可懼、野獸並不可怕，而人也不見得是萬物之靈、世界的中心。撒志亞斯(Saggiassie)的〈嬉戲的神靈〉並不威嚴可怕，反像人一般嬉戲。盧絲的鳥類的神靈，會跟隨着迷途的小孩，張開翅膀保護他們；盧絲另一張畫裏的鵝，飛過時嚇着了整家人；但在孟吉鐸(Mungitok)筆下，那個被帶往月球的人，身邊盡是鳥群，鳥兒是神靈的使者，把人帶往月球去。

當機械文明社會的畫家都在描寫一種秩序的崩離、人際關係的倒錯，愛斯基摩的畫家，在他們的想像和神話世界中，反而有一種完整的秩序、融洽的關係。

他們繪畫的世界，都可親可愛。他們的畫中有豐富的想像力。就像我們看過的那部記敘女畫家簡娜澤的短片所見的：在寒冷的夜晚，他們圍坐雪屋之內，給孩子們說故事，用手影在牆上創造出幢幢的野獸。然後人們疲累睡去，只剩下她坐在那裏，對着爐火，腦中開始洶湧地充滿各種事物，跳躍如火焰和影子。然後，她把它們畫下來，她繪畫陽光的日子，鳥兒和花草和幽靈，一直繪至天亮。

愛斯基摩人相信女子有更豐富的想像力，因為她們更接近神靈。由這種想法，可見他們認為想像力是重要的，科技文明世界的藝術家，越來越實事求是，繪畫如攝影般真實的現實，或是如聶魯達所說的，「繪畫傷疤、符號」那些抽象的文明的傷害；一個愛斯基摩藝術家卻仍然珍視想像，在紙上繪畫，或在石

中把他心中的形象刻鑿出來。我們喜歡簡娜澤的〈兔子吃海藻〉，但我們也知道，在現實生活中，並沒有那樣比兔子巨大五六倍的海藻，那是作者心中的海藻，是想像的力量把它開成如此巨大的花朵。他們的畫把動物和神靈混合；動物是現實觀察所見，神靈是想像力的表現，而他們的藝術，便正是這樣一種現實與幻想的結合。

他們的畫，就像逗孩子時用手掌活動作出印在牆上的手影，就像在節日時大家圍在一起興到所跳的舞蹈，那麼樸素又那麼自然，那麼平常又那麼新鮮，是每個人都感興趣而又並不是媚俗的。跟一些刻劃現代機械文明世界的冰冷藝術比較起來，他們的更是一種溫暖的藝術，就像原始藝術一樣直接表達感情、希望或是恐懼。

勃圖各繪畫一個獵人看見馴鹿的快樂，馴鹿是他們日常的伴侶、衣服和食物，也是他們的藝術工具(他們用海豹皮印版畫)和作品題材。想像與現實，生活與藝術，是如此緊密地結合在一起；而那種看見一件事物就嘩然地舉起雙手的快樂，亦是漸趨刻板和圖案化的現代藝術中逐漸消失的一種可貴的質素。

(一九七五年十二月)

路上的人們

影 子

　　晴朗的天氣，陽光爛漫地照遍大地，照着高高的建築物，照着來往的車輛，照着快樂與不快樂的人群，在他們身旁，留下長長的影子。

　　在鬧市的一角，有一座大公園。一個小孩，由他的父母帶着，走進公園來了。

　　這個小孩子，還沒有大人的腰那麼高。他對許多事物都覺得新鮮。起先到水池看船，他要下去玩水，媽媽說「不可以」。但過一會，他卻看見一個年紀比他大許多的哥哥捲起褲腳走下水池。他覺得奇怪，舉起頭，好像想提出疑問，但沒有人回答。沒多久，他又看到那人把一隻機器的大船放下水去，噗噗的，又響又快，繞着水池亂衝，撞翻了許多別的小船，把波浪都翻起來。他覺得很害怕，就說要走了。

　　穿過樹叢，前面是一片廣闊的草地。陽光亮晶晶，前面的草地是鮮綠色的，好像一幅特別大的綠色地氈；而那些紅色的亭子，看來像一疊積木；穿着黃色衣服的遊人，就像是玩具的兵丁。這麼多的顏色，孩子開心極了。

　　孩子想起昨天跟其他小孩在屋內的遊戲。這裏不過是像一所更大的屋子，而遊人不過是更高的孩子。他跟媽媽賽跑又跟爸爸賽跑，他們都跑不過他。一下

子，他就把他們丟在後面了。他停下來神氣地站在那裏，感到十分驕傲。他甚至有一次跌倒了也沒哭呢。他覺得自己真是十分勇敢的。

　　但當他回過頭去，他發覺背後有點甚麼。黑黑的一團。他害怕了。那是他第一次看見自己的影子呢！那是甚麼？他向着光亮的太陽跑去，但背後這黑黑的一團總是跟着，跟着。他回過頭來揮手趕它，用足去踏它。它也晃動起來。他不知那無聲陰暗的顫動是甚麼。綠草上露出塊塊光禿的泥地，這黑黑的東西覆在那裏，緊跟着他，任他怎也擺脫不掉⋯⋯他哭起來了。

(一九七六年十二月)

被淘汰的人

他有一次告訴我説，他有個兒子，跟我差不多年紀。又有一次説起小兒子，他帶點驕傲地説：算是難得了，一向都是考第一拿獎學金，這回因為有新生插班，考了第三，我也叫他不要難過呵，怎樣也會供他讀下去的，他帶點驕傲地説着。

四五十歲的人了，天氣熱的時候他總是只穿一條短褲在排字間執字，他是股東也是工人，沒有甚麼人手，生意也不怎樣好。另外一個年輕的股東悠閑地坐在桌後。

他總是説：「不用擔心，我們一定準時排起的……」他對自己的手藝很自豪。有時他説：「到樓下去喝杯茶，」在那所廉價的茶廳裏，他繼續説：「不用擔心……」

一份政治性的刊物賴掉了幾百塊錢不還，他很生氣，後來就常説：「一個人辦事要講信用，你説是不是？」最後他告上法庭，但沒有證據，所以錢還是拿不回來。又有另外一份青年刊物，幾十元的債也拖掉了。「在路上碰見我就説明天叫人拿上來，結果哪有拿來？幾十元也不結賬。我們以前哪有這樣的事？」

以後就聽説他有意思把排字間結束。再過一個月，有一天他打電話叫我上去一回，給我介紹新的老

闊。他把生意頂了，自己仍留下來工作。「生意不容易做呵。」他說，然後又說：「不用擔心⋯⋯」

半個月後，他也不在了。是被人辭掉還是自己辭職的？始終也不知道。新的老闆是年輕的兩兄弟，非常精明，換了新的人手，買來新的題目字，總是指着舊機器說：「這些舊傢伙怎能用！」但他們拖着工作，節外生枝。

他們的排字不能準時交貨，工作的水準也差得多，卻會舉出許多藉口，埋怨這，埋怨那，不等你開口催促，先數說一番，等你逐點拆破他們的謊話，然後稍稍讓步。但第二天，又把同樣的話再說一遍，結果總是使你疲乏不堪。他們的工作拖着還未完成，卻要求先付款；舊的稿還未排好，又接來許多新的生意。他們是懂得耍手段的人。他們的生意現在興隆了，也許只有這類人才可以立足吧。但那個被淘汰的老人又怎樣了？

（一九七二年八月）

時裝店

如果不是他在背後喚我，我可沒留意到剛才站在店前的是他。我在這附近的路上踱步曬太陽，他剛好站在一所時裝店門前，向我喊一聲：「喂！」

走進店裏坐下，他告訴我這是他自己的生意。他終於開了一所時裝店。這是值得替他高興的。

這爿店處於旺中帶靜的地方，位置很好。店子有點狹小，但很舒適，燈光昏暗而柔和，後面傳來流行音樂，坐在那些軟墊上，叫人想沉沉的躺下去，靠在那麼柔軟的東西上，不再思想。兩旁掛着美麗的衣服、新款的衣服，但是他看來不快樂。

我不明白這是為甚麼。我想沒有人明白另一個人是為甚麼。我們談起以前認識的人和事，他看來有點呆鈍，有時會茫然望着半空，一句話說到一半便停下來。他其實很年輕，但談到許多事情，他都說：「我記不起來了。」

他太太從外面回來，問我：「你看他的臉色是不是差多了？又青又灰的。」我想她說得不錯。我想說點甚麼使他振作一下，使他開心起來，但他彷彿對許多事都不感興趣了。我在那裏坐了很久，期望去理解他，理解為甚麼一個人曾經那麼期望獲得的東西，在獲得了以後仍然不快樂。

(一九七二年十月)

怕賊的阿嬸

　　阿嬸最愛説的話題就是打劫。她總是説：「昨天那邊的大廈裏又有人入屋打劫了。」她總是説：「幾樓幾座又被賊劫了。」説起來就擔心。本來就沒有表情的臉孔更加沒有表情了。

　　阿嬸一個人在家裏的時候，把門閘鎖得好好的，大門關得嚴嚴，不管誰來叫門都不開。所以呢，不管推銷電器的、傳教的、收碗碟的，不管別人在屋外叫得震天價響也好，她就是不開門。阿嬸一夫當關，一隻蒼蠅也不放進來。即使是派信、收管理費、送石油氣，阿嬸也絕對沒有人情講，一律拒諸門外，弄得人家要把送來的一罐石油氣又再搬走，在那裏破口大罵，阿嬸還是眼睛也不眨一下。她説：「誰曉得是不是假冒的！以前呀，我住的那個地方，四樓就是有人假冒送石油氣，進來以後還不是把人都綁起來了！」實在有太多前例了。

　　總之如果只剩下阿嬸一個人在家裏，那就糟糕了，她會把朋友關在門外，不管男女老幼，對她來説都可能是大盜的化身。只有緊閉了大門的鐵閘，關上了窗子，安坐在這離街十多層樓的房間中，她才感覺安全。

　　「鈴……」門鈴響，阿嬸又擔心起來了。

「鈴⋯⋯鈴⋯⋯」最後，見外面的人過了這麼久還沒有離開，阿嬸走到門邊，大喝一聲：「沒有人在家呀！今晚再來吧。」

　　「是我呀。」是樓下修理水喉那爿舖的老闆娘：「我送單來，難道怕我打劫不成？」

　　阿嬸悻悻然說：「從門下塞進來吧。」一邊自語：「打劫的又不會在額頭鑿上字！」

　　阿嬸走回窗前，沒有表情地向外面張望。窗外不遠處有一幅廣告，用英文說：「請做男子漢，月薪一千元。」阿嬸不懂英文，不知它在徵募甚麼。

（一九七四年三月）

玩「的得球」的人

　　走過大街，看見街上有個人在玩的得球，他晃動手中的繩子，繩末兩個硬球便互相撞擊，碰起來的得作響。走過的人都看看他，沒有人走近他，大概是因為不想球砸到自己身上，不想自己的骨頭給碰出響聲。

　　的的得得。

　　這個人在玩球。現在大街小巷都有揮動這樣兩個硬球的人。每個時期都有流行的玩意。比較起來，的得球是一種攻擊性的武器，它為你霸佔一幅空間，它發出惹人注目的聲音，它使別人閃避。一個時期流行的玩具見出一時期的心態。現在人們需要這麼一種武器式的玩物，需要發洩這麼一種攻擊性的心理，可知人們腦海中想的是甚麼。的得球是一種隨身帶備的武器，像棒子，像拳頭。

　　的的得得。

　　這個人在玩球，你總是可以在街上看見個玩的得球的人，他只是玩，他只是牽動繩子，問題是繩子末端的東西。他聽着響亮的碰擊聲。也許他只不過是玩球？也許他是幻想一下一下地敲在敵人的頭上？這不過是玩具，但這也可以是武器。總是有這麼多玩這種球的人。一個人在別人面前二三寸的地方虎虎揮動雙

球。某些國家在別人面前揮動雙球。揮舞着球的人威脅着沒有球的人。發生了毆鬥、動亂或戰爭。舞動的球砸到了頭上。

的的得得。

這個人在玩球，有人在鬧市中給搶了東西，旁觀的人沒一個幫忙捉賊。有人在鬧市中被認錯人的流氓圍毆，旁觀的人沒一個出手相救。的得球揮舞着。沒人走近去。它發出響亮的聲音。此時此地，便只有暴力才可以發出最大的聲音？

這個人在玩的得球。

（一九七一年七月）

午夜場的觀眾

晚上經過一間電影院，看見午夜場放映一齣錯過了的舊片，剛好有空，便購票進場了。

大概因為是舊片，又在深夜十一時這鐘點，電影院裏空盪盪的，當我們把票子遞給帶票員，他愛理不理地瞪我們一眼，我們只好自己隨便找個座位坐下。走過的時候，只見零落的一兩撮觀眾：過夜生活的女人、高聲談笑的阿飛。

我們周圍都是空位，要等到開場後，才有多一些人進場，有幾個年輕男子坐到前幾排的空位去。他們坐下以後，其中一個立即把腳擱到隔鄰的座位上，斜躺在那裏看戲。舉起的腳上，似乎是穿着拖鞋。

其中一個，就大聲地問：「喂，今晚的戲是甚麼名字？」另一個回答說：「不知道呀！」跟着就爆出一大串笑聲。

過了不久，女主角出場了。於是他們便開始對女主角批評起來，評頭品足，又說了許多色情笑話。他們說話的聲音很大，後面的座位上也傳來笑聲，受到這種鼓勵，他們說得更起勁了。

過了一會，女主角還在跟男主角說話，前面擱起腳那位就大聲地打個呵欠，說：「好悶呵！」惹來一陣笑聲。過一會，他鄰座的另一位觀眾就開始嚷了：

「噓！說完未呀？」斷斷續續地噓了幾聲，幸而電影轉為戰爭場面，轟炸開始，他才又住口了。

等戰爭場面告一段落，前面幾個人，又再不耐煩起來。

女主角才出來，他們就喊：「脫了它！」兩個人在那裏說話，他們就喊：「打呀！」彷彿他們不管看的是甚麼電影，只是要求不斷的脫衣、不斷打架。

談話繼續下去。有些滑稽的對白，惹人發笑的話，但前面那幾位觀眾沒有笑。他們好像聽不見，看不見，一個勁兒在那兒嚷：「好悶呀！」

疏疏落落的觀眾中，有些人在看，有些人在笑，有些是猶豫的，另外幾個則隨着他們噓起來。這幾個人，受到鼓勵，就大聲地說話：「這樣的戲，我也會拍！」「說完沒有？留回清明節說呀！」然後說幾句話。來去是那幾句，漸漸的，其他的人也不笑了。

大概見失去了觀眾，見其他人的注意力回到大銀幕上去，他們不甘寂寞，便要說一些哄動的說話、暴力的說話了：「有沒有刀，割爛這些椅子！」，「擲破這銀幕！」「好呀！」「去！」「幹呀！」

說了一頓，沒有甚麼下文。這時銀幕上又再炮火連天，他們也靜下一會。偶然，還可以聽見其中一個問另一個：「到底在說甚麼？」另一個又問：「誰在打誰？」他們沒看，不明白在做甚麼，不明白，所以又噓了。

電影在說暴力的荒謬。但前面這幾個人，他們根本沒注意看，只高聲大叫，否定一切了。他們高聲喊

着要看脫衣和更劇烈的打鬥鏡頭，那個剛才擱起腳的人，現在站起來打一個呵欠。他在我們前面，這個橫蠻地張開雙手的黑影，一下子遮去了銀幕的映象。

(一九七六年五月)

鬍 子

鬍子的樣子似猶太人，有一雙禿鷹的眼睛。他頭頂光禿禿的，下巴卻長了一撮捲曲的鬍子。好像頭髮都長到錯誤的地方去了。

我一直不知道他的名字，卻多次跟他在同一機構工作。最先是在一爿外資的機構。那時只見他悠閑地進進出出，我們都忙於伏案工作，而他又是在不同的部門，所以也沒有怎樣注意。那時那機構不斷「地震」，換了一批又一批人，總有那麼多人來來去去，我們是其中之一，他亦是其中之一吧了。

後來換了另一個機構。他就在我的鄰房。起先的時候，早上只我一個人在房間裏，他總過來借電話。小聲小聲地說話，不知說甚麼，一談就談許久，害得我正事也做不成，對他非常討厭。起先我以為是他房中的電話壞了，後來才曉得並不是；只是他與兩個屬下的職員共用同一電話，又或者有些私事他不想在他們面前說。奇怪他總好像很空閑的樣子。除了打電話就是看報。辦公室有一道後梯，我們從那裏乘電梯往廠房。我每天拿着工作來回幾次，總碰見他站在後窗前，百無聊賴地哼歌。起先以為他是等電梯，但每次電梯門開了他只是搖搖頭。他站在那裏，很無聊的樣子，哼的歌也不好聽。

他站在那裏是為了避免閑坐辦公室中對着下屬們。那部門的職員都說他甚麼也不做，把工作往他們頭上推，出錯的時候也算在他們賬上。在生氣的時候，他們就數說他的薪金幾乎等於他們的四倍。他們還說：不曉得為甚麼，中國人辦的機構總用高薪請外國專家來做事，這類專家往往甚麼也不做，只是打一些堂皇的報告，開開會，然後就每個月乾支薪水了。

(一九七五年七月)

車上的醉漢

踏上十四座小巴的時候，我看見司機把一張舊報紙扔給後面一個婦人。前面的乘客轉到後面的座位去。四週的人都望着她。我在車尾的座位坐下來，看見她旁邊的男子頭倚着窗，好像熟睡了的樣子。

我看見她把這張舊報紙摺成一個斗形，這才曉得是甚麼一回事。她身旁那男子——是她的丈夫吧——把頭移過來，倚在她肩上。他的臉伏在她肩膀上，好像一個啜泣的小孩。偶然他會抬起好像十分沉重的眼皮，就伏在那裏向前直望，但又像甚麼也望不見。

她和他都胖。他的動作，遲緩中顯得特別笨拙，而因為他不斷挪動，她迫得向甬道這邊移過來，懸空了半個身子。

他忽而又坐正身子，摸出一包香煙。她罵他，要搶回他的煙。他在狹窄的座位中轉身，避開她。他又去摸火柴，站起來，幾乎碰到小巴的車頂，然後，不知怎的，整個頭彎到前面的座位去。有一分鐘那麼久，我只是看見他彎着的背，頭和肩都埋到前面去。他的女人就去拍他，扯他的衣服，罵他，但都沒有效。我想他是在那裏嘔吐，但隨即我又看見他若無其事地坐回去。

這時新上車的一個乘客，並不曉得發生了甚麼

事，就坐在他前面的座位上，還撿回地上的一包香煙，遞給他。他抽出一根香煙，點上火，就安靜地吸起煙來了。

只是當他吸煙的時候，有時塞到下巴，有時塞在唇旁，雙手總好像沒法控制的樣子。他搖晃不定的手把香煙在嘴旁亂插，頭顱無力地晃動，兩眼的眼皮沉重地閉下又張開；看他的輪廓，在清醒時還可能是一個嚴肅的漢子，跟現在一定是絕對不同的。

(一九七五年七月)

寒夜的老人

　　風刮面吹來，冷得人直哆嗦。大半條街都黑沉沉的，只有當中兩爿小舖露着燈光。外面的地方就盡是黑暗、空虛、以及不息的刮面的風吹。

　　有燈光的地方，其中一間是小飯店。粉紅色的紙張上寫着「煲仔小菜」、「煲仔飯」，在裏面，爐火閃着閃着，騰騰上升的熱氣，叫人覺得溫暖。即使是這麼簡陋骯髒的地方，有人，有熱騰騰的食物，也就有舒適的感覺了。

　　伙記忙碌地走來走去，像煲上匆忙地升起的白煙。辛勞工作一日的工人，正自斟着小瓶子中的一點酒，慢慢地呷一口。帶着一兩個小孩的小家庭，孩子們都穿得臃臃腫腫，孩子的鼻子紅紅的，有幾個，鼻子上唇之間帶着一汪鼻水，不時用手去擦一擦。在那邊的座位上，分別坐着幾個瘦削寂寞的中年男子，茫茫地看着前邊。這些不同的人，走過這條黑暗的路，在寒冷中走進有燈光的地方，吃一點熱的食物。

　　「好冷呵！」

　　有些熟客，走進店中就跟櫃面的搭訕。雙手還插在褲袋裏，一身灰灰黑黑的衣服，因為身體縮成一團，越發顯得胖，等到坐下了，然後才把手從褲袋抽出來，但還是不斷把兩隻手互相擦着，一面抬頭看牆

上寫着的廉價的家常小菜，或者，轉過頭去看另一張枱上正在吃着的煲仔菜，看着那些縷縷白煙……

在門口，近櫃圍的地方，圍着幾個人，不知正在説甚麼。起先還以為是在閑談，後來才發覺是吵架——不，也不是吵架。而是幾個人圍着一個老人，説他甚麼。仔細聽，就聽見掌櫃的説：

「還這麼大模大樣的，坐下來就叫一包雲絲頓……」

當中那個老人，站在那裏，嘴角牽動了，但呢呢喃喃地卻不知在説甚麼，他的眼睛，有好一陣不斷地眨着，唇上卻帶着似笑非笑的神色，呆呆地站在那裏。

旁邊的伙計就説：「吃霸王飯，脱了他的衫吧。」

老人很瘦，身上不相稱地穿着一件銹紅色的薄毛衣。他喃喃地説了些甚麼，做了一個模糊的手勢。

那伙計説：「他倒是聰明，説要除下裏面的內衣。外面的毛衫就不肯除。」

有幾個伙計從後面走出來，站在旁邊看熱鬧。他們圍在這老人身旁，看他怎麼樣。

掌櫃的又説：「吃霸王飯，還要一坐下來就大模大樣地叫一包雲絲頓。」

但那老人只是眨着惺忪的眼睛、站在那裏，任別人罵，他也不回駁。他彷彿可以甚麼也不理會，穿着薄薄的毛衣的身體微微佝僂着，好像風一吹便要倒下了。

「除下衫吧！」那伙計又說。

但也沒有人會真正去迫他這樣做。沒有人可以這樣做的。大家只是僵持在那裏。

伙計逐漸散開，回去繼續做他們的工作。一個年輕高大的伙計，走到後面就說：「誰知道他是吃霸王飯的。他叫一席酒我也得給他寫單呀！這可不關我的事！」他特別強調後面一句話。

但人聲逐漸又響起來，食客繼續他們嘈吵的談話，伙計繼續忙碌地走來走去，匆忙得像煲上升起的白煙。過一會，已經不見那老人站在櫃圍旁邊了。透過門邊的火爐，可以看見外面路上的黑暗和空虛，可以想見那不息的刮面的風吹。

（一九七五年十二月）

電車上的嘯聲

　　起先我聽見一聲響亮的呵欠，轉過去，看見一個中年男人，站在不遠的地方，頭髮有點蓬亂，衣服有點骯髒，但也跟其他人看來沒有太大分別。當他發出聲音，其他人只是默默坐在座位上，或者看着窗外的景色。每個人在管自己的事，對他沒有理會。

　　他手裏拿着一疊報紙，這時就取出一張，彎下身去抹自己的鞋子。他穿着黑色的舊皮鞋，也不見上面有甚麼污跡，但他就是在那裏抹了又抹。也許是別人踏髒了他的鞋子？也許是他比較敏感？但我也沒有繼續留神，就像同一輛電車裏其他沉默的乘客，我們繼續沉入自己的天地，回想自己小小的煩惱。

　　但是，沒多久，我忽然聽見一陣響亮的嘯聲。我回過頭去，他已經獨自坐在雙人座位靠窗的一端。他的高叫好像是要喚起我們的注意，但他並沒有看我們。其實也只有兩三個人回頭吧了，其他的人，好像根本聽不見甚麼，仍然安靜地坐在那裏。他直視前面，有時又吐痰在腳旁，然後把一張報紙，覆在那上面。

　　他穿着陳舊的黑色褲子和鞋襪，上身一件灰襯衫，但頸間卻繫一條暗紅色手帕。他的膚色黝黑，就這樣看來，像一個沉默無言的工人。只有當他高嘯，

我們才聽見他的不安，發覺他的不同，感到他的危險，把他歸到醉漢的一類去。

一個看報的中年人，不時用眼尾瞄他一眼。一個剛上車的婦人，坐到他身旁，沒多久，發覺不對勁，連忙坐到前面去。她望着前面，望出窗外，設法忘記在背後有一個這樣的人。

最後，他站起來，下車了。他拾起地上的報紙，安靜地向前走去。他像一個普通的乘客那樣走過我身旁，身上也沒酒味。忽然，他舉起雙手，掩着耳朵，走下電車的樓梯去，彷彿外界充滿響亮的怪嘯，叫他抵受不了。他的身體左右晃動。我忽然發覺，同在一輛顛簸的電車上，我們也在輕輕的顛動呢。

（一九七六年十一月）

生活在馬路上的人們

一

　　一個女人坐在竹籃裏，自己跟自己說話，有時她還舞動雙手。當她要走了，她便拖着繩子，把竹籃拖在背後。籃裏有她的衣服，那是她的家。她拖着她的家到處去。

　　一個男人，身旁放一枝拐杖，他讓它穿上西裝，又用布把它綁起。當他獨自坐在關上的店舖門前，他不喜歡人家接近他。陪伴他的只有這穿上外衣的拐杖，好像它是他唯一的朋友。

　　一個女人，坐在舊火車站的石柱旁，呆呆地坐上一天。她的東西放在柱後，而她就坐在那裏。有人走過去跟她說話，她只是擺擺手。她總是坐在那裏，好像她能做的就是坐在那裏。

　　一個老人掙扎着要站起來，他的腳麻痺了，他要起來，顯得那麼吃力，他彎着身，緩緩提起一隻腳。一個穿着睡衣的婦人，拿着一支玩具手槍，在人群身旁走過。一個人從這個垃圾箱走向那個垃圾箱；另一個人專心在一張紙上寫字，其中有些字可以辨認，有些不可以。一個人呆呆地坐在長凳上。一個人在那邊走過，回頭懷疑地看人一眼。一個人瑟縮在封上的屋

子前面。一個人在鎖上的鐵閘旁。一個人在關上的門外。一個人在沒人留意的角落。這些人攜帶着許多雜物，這些人的外貌跟普通人有些不同，這些人多半與人很難溝通：聲音太大或太小，說話不清楚，或者是不懂粵語的外省人。這些人看來沮喪。

二

　　這個穿上西裝的男人、這個站在巴士站上的少年、這個戴手鐲的男人、這個蹲在鐵閘前的男人⋯⋯偶然看一眼，也許人們會下個結論：他們的精神有問題？他們是危險的？

　　不見得。不是這麼簡單。這個穿西服的男人，他喜歡散步，坐在長椅上休息。而他會特別選擇有陽光與和風的長椅，他坐在那裏，帶着一種悠閑的神色，欣賞光線的變化。他走近垃圾箱，看見地上的垃圾，先拾起來放進垃圾箱，再從垃圾箱裏翻他要找的食物。他穿着西服，穿得好像一個普通人，他不懂看報，但他手上總是拿着一疊報紙，好像一個普通人。

　　這個站在巴士站上的少年，他常常搔抓皮膚、用力拭汗。他臉上有一種沉鬱的神色，總是站在那幾個位置，沒人聽過他說一句話。有一次，他的衣服敞開了，露出胸口上一道開過刀的疤痕。注意到人們避開他，他臉上掠過一絲奇異的笑容。有人遞煙給他，他不說一句話，接過了，任人替他點煙，也不說一句話；下一次遇見這人，他反而好像故意要避開對方的樣子。他有時站着，有時躺在地上。若有人站在旁

邊，他就自頂至踵把人打量一遍，笑笑。他看來有點孤僻，但總是站在熱鬧多人的地方。

這戴手鐲的男人看來很健康，事實上，他會說：「健康很重要。」他不喝酒、不吸煙，也勸人不要這樣。他喜歡寫字，有些字筆劃很多，別人沒法理解，但對他卻像自有意義，每個字都很用心地寫。人家讚他的書法，他會說：「謝謝！」有人要買他的字，他約定了日子叫人來拿，到時他守信地把一疊寫好的字放在膠袋裏。寫字除了簽名，還寫上身份證號碼。人家說不用寫身份證號碼了，他說這表示他負責任。

這個赤足蹲在鐵閘前的男人，他原是一個收拾破爛的人，有一次在地盤裏誤拾了一把風扇，與物主衝突起來，被人抓住，後來就被送進精神病院。他原是沒病的，但這次以後，就丟了工作，他希望可以找到一份工作。

三

他們多半渴望工作。比如他，這個沒穿上衣、在陽光下吸一口煙的男人。他每次遇見熟人，就會問：「最近在做甚麼？」不管人家回答做甚麼，他都會說：「好呵，用心做吧。」他以前曾經有職業，後來不知怎的失去了。所以他總是勸人努力，「總有一日你會有機會，爬上去的。」

他過去曾走過許多地方，他還有一個兒子在內地。他說話時帶着濃濃的笑意，像個熱情的人，有時他會一面吸煙一面低頭沉思。但是，有幾次，他一手

拿着一撮燃着的線香，一手拿着一封信，邊走邊讀，他的聲音若斷若續，聽不見在說甚麼，但神色凝重，滿懷憂傷。有一次，更把燃着的線香倒插在信上。

另一個他也渴望工作，但他總是覺得一切不可信賴。他咒罵社會、咒罵警察。這個他，是一個舞刀子的人：有一次，他在別人注視之下，從口袋裏掏出一把刀子，用牙把刀拉出刀柄，然後把刀夾在趾縫間。他以前做過水手，好像牽涉過黑社會、上過警局。他說粗話，說有人迫害他。有一次他說要帶個人到大嶼山一個山洞去。他說：「你放心，我不會謀害你的。」他很敏感，警覺地注視周圍。有一次，他看着一株樹，說那株樹乾了，要用水來澆它；又見樹上有洞，說要用士敏土來填它。有一次，他不知從那裏拾來一支笛，躲在碼頭陰暗的一角，獨自吹笛。

也有些人找到自己的生活方式。另一個他，以到山上採集山草藥維生。他做自己的事，沒事的時候抱膝坐在樹下，笑得那麼開心。他很開朗，有自己的做人態度。

另一個他，以替人開車門為生，也是個友善愉快的人。他走過許多地方，做過碼頭工人。他把拾來的衣服都穿在身上，好幾頂帽子都戴在頭上。有一次，他把十個指頭都戴滿指環，不一定是指環，有些是汽水罐的鐵圈。他說話聲音很低，以為人家都聽見。他很友善，對許多事情都笑，人家說他的鬍子很漂亮，他便笑了。

還有站在那邊的另一個他，是個年輕人。背着一

個大袋，他也是渴望工作的。以前送外賣的時候，碰崩了一排門牙，從此與人溝通有點困難。他現在說話的時候好像許久沒有講話那樣，說得很生硬，想有秩序地說出來，但很緊張。不過他的意思並不難了解。他可以用鐵釘做鳥獸的玩物，也渴望工作，但他相信沒人事關係，沒有介紹，根本沒法找到生活。他背着個大袋，像其他流浪人那樣在路上徘徊。他有自己的生活態度。據說他頗有義氣，曾經把自己的棉被拿去賣了，讓幾個流浪漢大吃一頓。他有自己的原則，以前做過船上和碼頭的工作，有個南洋人叫他帶毒品，他一口拒絕了，他就這樣活下去，希望找份工作，有個棲身的地方，但卻不願做對其他人有害的事。

（一九七七年十二月）

挖掘者

　　走到海旁這段路，眼前全是縱橫交錯的天橋，從一道天橋走下來，還未走上另一道天橋，只覺風馳電掣的汽車呼嘯着在身旁掠過，簡直不知置身在哪兒了。誰會記得這兒的空地，才不過是近年填海積成的？過往林立在海邊的大廈，現在都退過一旁，顯得矮小而消沉，呆呆地瞪着前面一輛汽車翻上天橋，衝下去，鑽入海底隧道黑暗的入口。

　　在隧道附近，有一條僻靜的路，向海伸出去，走過了草叢，是一道石堤，盡頭有個閘，走近了才看到是「遊艇俱樂部」的私人會址，不准外人進去的。既然這樣，我們便轉回來，坐在石堤上。在背後，越過俱樂部的私人土地，海灣裏泊着豪華的白色遊艇；在前面沿岸的地方，則是密密麻麻的漁船，胼手胝足的捕魚人生活的地方。最接近我們的則是一艘大船，上面盛滿鐵桶，鐵桶都漆成鮮藍，船身卻是低沉的灰棕色。

　　在我們下面，是一道淺灘，在近岸污黑的海水旁邊，參差的碎石和泥濘那兒，有一個中年男子和兩個小孩蹲下身，不曉得在挖一些甚麼。兩個小孩蹲得遠點，中年男子獨自蹲在下面，手裏握着一枝木棒，木棒的尖端是尖銳的鐵枝，正用力地一下一下向泥濘的

地面挖下去，從那裏挖出窟洞，然後就用身旁殘紅色的膠桶，把露出的污水勺出來，這樣倒了幾次，窪裏的污水淺了，他便伸手進去摸索，摸了一會，把摸到的一點白色的東西放到腳旁去。

那是蜆一類的東西吧，他腳旁已有一堆白色的小貝殼。他又繼續把手伸進泥窪中，繼續摸索。

過了一會，他又摸到另一樣東西，就把它放進旁邊一個小小的藍色的鐵罐中。隔得遠，我們看不到那是不是蜆了。

他仍舊在那裏專心工作。再繼續摸索，摸到的東西，有時放在腳旁，有時就放進藍色的罐子中。他拿起來，看看，然後就放下，繼續挖下去。

過了一會，這裏挖完了，他又移過一點，在隔開幾呎遠的地方，再挖下去。他再拿起那有鐵嘴的木棒，鋤進地面去，沒多久，那泥濘地面，便現出一個污水的小窪，這時他便提起那破舊的紅桶，從那兒舀了污水，倒到外面的海水中去，跟着，他便伸手進去摸索。

他繼續做下去，在那污黑的泥堆中摸出一點白色的甚麼出來。可是他的收穫是那麼稀少。腳旁只有小小的一堆灰白色，而那藍色的小罐，盛滿了也不見得有多少吧。可是他帶着無比的耐性，蹲在那裏，沉默地幹着重複的工作。他的衣服，也沾了泥濘。

那兩個孩子在遠一點的地方，有時傳來嘻笑的聲音，大概是邊遊戲邊工作。過了一會，他們站起來，走到淺灘另一端，爬上泊在那兒的一隻小舟去。他們

跟那中年人不知說甚麼，他揚揚手，他們便乘着小舟，先離開了。

　　中年人仍舊蹲在這炭黑色的泥濘的淺灘上，伸手進去不知在挖掘甚麼。近岸的海水一片污黑，淺灘上近牆的一邊，則是一片鮮綠的青苔。我們坐在這遊艇俱樂部的建築和前面貧陋的漁家的艇陣之間的石堤上，看着下面這中年男子耐性地繼續挖掘，後面偶然有些跑車駛入俱樂部，車上傳來一些輕淺的嘻笑聲。在下午與黃昏的猶豫的空間，回望我們過去十分熟悉的這地方，好似變得不熟悉了。過往站在海邊的大廈，現在被天橋分割，顯得孤立而矮小。

（一九七六年五月）

釣魚的老人

　　向海的地方是一個小小的公園，有木馬和滑梯，孩子們都在那裏玩。海邊的鐵欄旁，一個老人蹲在那裏，拉起綁在鐵欄的繩子，從海裏拉上來一個玻璃瓶子。

　　我們走過去看。

　　玻璃瓶裏混混濁濁，瓶中的海水裏有棕色和白色的麵包團。他拔開木塞，把水倒進小桶；水裏還有一尾魚，黑色的，像尾指那麼小。

　　「這麼小的魚！」我們都不禁笑起來了。

　　但老人沒有理會。他沉默地繼續工作，從一個桶裏取出一些新的麵包屑，添進瓶裏。然後塞回木塞，再把瓶扔回海裏去。

　　「塞着木塞，怎可以釣到魚？」有人奇怪了。

　　老人沒有回答。但瓶子扔進水中，沉下去，冒起一個泡泡，可見瓶底有空洞。老人走過幾步，鐵欄那裏又綁着另一根繩子。他把它拉上來。他手勢熟練，把繩子捲成一圈又一圈。

　　他拔開木塞，把魚倒出來。有些麵包屑塞着瓶口，他就從大桶裏拿出一根預先準備好的木條，用它推開瓶口的麵包團。有生命的小魚這就倒出來了。這一次是三尾，仍是那麼小的黑魚，魚頭兩鰓像兩扇耳朵。

「不知這是甚麼魚？」我們竊竊私語。

旁邊圍觀的人裏，有一個中年人，他說：「這是烏魚。他捕回去養大。這些魚是很貴的，四元一斤。」

但那老人仍然沒有答腔。他只是低頭工作。他的指頭浸在水中，看來有點紅腫。

但圍觀的人，包括我們在內，這些剛才笑他的魚小的人，這時都「哦」地一聲，好像有了不同的看法，好像這就明白他是在做甚麼了。

老人只是站起來，拿起他的兩個桶，走過幾步。蹲下來，用手拉那兒綁在鐵欄上的另一根繩子。他的兩個桶，一個大的，深紅色，盛麵包屑；一個小一點，橙紅色，盛魚。

在他背後，剛才經過的鐵欄旁邊，每隔幾步綁着一根繩子；在前面，也是這樣。他不是偶然來釣一尾魚，看來他已工作很久。沿海這列鐵欄上綁滿一根根繩子，一端綁在牢固的鐵欄上，一端伸向動盪不息的海水。

當他把繩子拉上來，在手中捲成一圈又一圈，旁邊的人連忙湊過頭去看有多少尾魚。瓶中的麵包屑混合着游魚，他們各有不同的猜測。我特別留意老人的臉，除了年紀積累成的皺紋，看不到任何輕易變化的表情。對於別人輕率的猜測，甚至沒有一點自豪或輕蔑的表示。

他只是拔開瓶塞，把魚倒出來。有人說：「兩條！」他從大桶裏取出木條，伸入瓶中，推開塞在瓶

口的濡濕的**麵包團**，隨着海水流出的，還有另外兩尾小魚。水倒入小桶，四尾小魚攔在小桶的篩兜上。

剛才說話的那個中年人又跟另一個人說：「這些魚養大後是很貴的，賣六七元一斤！」他們為那魚的名字，爭辯起來。

但老人已走過另一根繩子旁邊。這一次，拉上來以後，他倒了瓶中的水，就塞進新的**麵包屑**。原來一尾魚也沒有，但他也沒有驚奇或失望，甚至不用推開瓶中混濁的東西看清楚。

他又再走過另一根繩子旁，那邊又有一群新的人圍上去看。當他把瓶中的水倒掉，我聽見有人笑起來：「這麼小的魚！」

（一九七五年十一月）

.

母　親

當孩子都上樓進了試場，就只剩下一些母親站在操場上了。

就像這一位，穿着樸素的衣裳，沉默地站在一旁，她是送孩子來試場的，現在他已經上去，但不知怎的，她還是像放心不下，好像漏了甚麼沒有做完。看別的母親們還沒有散去，她便也依舊站在這兒。

旁邊兩個婦人正在談話，她用心聽聽她們說甚麼：

「今年有九萬九千人考，比去年多了一千。」

「不過現在沒有那麼難了。以前我阿立考會考的時候，真擔心。改為升中試後，近年的題目都淺多了。」

這都是一些普通的說話，她也不曉得聽過多少回，只是每次聽見人說，她還是用心去聽，希望從裏面聽出一點甚麼來。想到自己的孩子，抽象的理論都落實了。別人說深，固然擔心，別人說淺，也是擔心——擔心別人都懂而自己的孩子卻不懂。

她想着自己的孩子，那樣坐在牆角的小凳上，沉着臉孔，吃力地不知在背誦一點甚麼……那樣背誦着背誦着，她不懂那裏面的是甚麼。她只曉得，在過去，他的哥哥，他的哥哥的哥哥，都曾經那樣背誦

着，好像要吃力記着一些對他們來說是太陌生的東西……有一回，她覺着他突然沉默下來，回過頭來，發覺他已經睏着了。

「好了，明年以後，升中試也取消了。」旁邊一個阿嬸說。她在心中也同意。但旁邊，另一位婦人卻搖頭：「我看取消了也未必好，如果看學校最後三學期的成績而定，誰敢說老師一定公平呢？現在這樣至少是真材實料的考！」

是嗎？是這樣嗎？她心中迷茫起來，怎麼好像不管怎樣改，始終都有一個問題在背後？她想到更小的兒子，現在正在讀二年級，她現在輪到替他擔心了……

（一九七六年五月）

拼版的孩子

　　那時我們在一份日報附屬的月刊工作，報館的製作部在樓下，我們到樓下拼版。那兒幾個十來歲的孩子，是專門負責拼版的。我們把版樣、字稿的菲林和照片交給他們，由他們拼好。

　　其中幾個年紀比較大的，是熟手，他們負責拼版，其他的就圍在旁邊看。看了幾期以後，新鮮感消失，也就沒有甚麼好奇了。只有一個最年輕的，還站在旁邊，負責鎅一些「瓦士通」、貼一些紅膠紙，或是遞這遞那。他叫做阿文，長得白皙瘦小，所以其他孩子把他喚作「大姐仔」，他也像女孩子般，不大說話，只是站在一旁，專心看着。

　　熟手的孩子做了幾期，就懶散起來了。有時請他們調好貼錯的照片，就賭氣地把「瓦士通」揮得霍霍有聲；說橫題貼錯了直題，就「啪」的一聲把鎅刀拍到玻璃枱上，自顧自走開。逐漸他們有時人影也不見了。阿文告訴我們說：黃先生說我們的月刊虧本，叫他們不要做。黃先生是這部門的主管，不知怎的對我們的刊物存着成見。有時在貼版的時候，他也走來把熟手的幾個孩子支使開。我們只好自己兼負責拼版，到了這時候，也只有阿文見義勇為，幫我們忙。

　　阿文不是熟手，他跟我們一樣，從頭學起。字稿

貼反了，又由頭再貼；套色的紅膠紙貼錯了版，拆了再來。他那麼年輕，那麼願意學習，做事又不計較，有他在我們身旁，真是一個安慰。他還不是一個「熟手」，也幸而他不是一個「熟手」吧。

到了這時候，其他熟手的孩子，在黃先生的唆擺之下，開始在我們旁邊冷嘲熱諷，說我們自己拼版，搶了他們的工作來做。有一兩個熟手，也不過是十來歲的孩子，口沫橫飛地說着昨日賭狗的成績，有時又搖晃雙腳，好像跳舞的樣子，口裏唱着：「人生如賭博，輸光唔使興……」「做老千好過做皇帝」。他們在那邊的玻璃桌旁，把手裏的鎅刀啪啪作響地拍在桌面上，空閑而無聊，嘲笑我們的工作。

阿文有時也抬頭看他們一眼，不解地看着他們，然後又低下頭去，繼續把貼在玻璃桌面的透明膠紙鎅成幾截，挑起來，貼到字稿的菲林後面去。其他孩子會嘲笑我們月刊虧本，嘲笑它的圖文；阿文卻除了拼版以外，對裏面的東西也感興趣。遇見不懂的字，他會問人，對一些內文，他也提出來說。談起來，他又會說起在報上看到的文字。他還想知道更多東西。他隔着一層膠片，好奇地觸摸那一片文字，若有所思。

然後過了一段日子，阿文逐漸沉默起來，神色間隱隱然有點甚麼。後來從零碎的說話中，我們才曉得，報館付給為我們刊物拼版的加班費，都給黃先生中飽了，阿文一角錢也沒有。其他孩子為別的刊物工作，有了錢，曉得阿文的情況，告訴他，又挖苦他。阿文以前是不知道的，現在知道了，心裏就開始感到

不公平，微笑的嘴巴漸漸彎起來了。人愈來愈沉默，有時倖倖然揮動一塊膠片，把鎅刀啪一聲拍到枱面去。甚至不大跟我們説話了。

我們知道以後，替他不值，心裏也生氣，但這時，距離月刊結束的日子也不遠了。餘下一兩期的混亂狀態中，我們有時找不到阿文，有時見他混在其他孩子堆中，彷彿要跟其他人一樣。他也好像避開我們，大家沒有機會談話了。最後一個印象是：當我匆忙地趕往影版房追尋一張失去的圖片時，見到偷偷圍在後面一角賭撲克的一群孩子中，有一張微帶蒼白的臉孔，好像是阿文。但我不能肯定，我忙着千萬樣的事，沒有機會再回去，看個清楚。事後空下來細想的時候，我就想那多半不是他，只不過我匆忙中覺得像吧了。後來沒多久我們的月刊就結束了。這幾年來我一直沒機會碰見阿文，許多時都會想起，不曉得他現在怎樣了。

（一九七七年二月）

報名表格

課室裏貼滿幼兒的填色習作，牆邊架上還擺着玩具，幾十個大人坐在小孩坐的小凳上，樣子顯得滑稽，不斷要舒伸雙腳，又伸手去扶着靠背的邊緣，彷彿害怕會從狹小的座位上摜下來。還有人沒位坐，在後面靠牆站。坐着的人也坐不安穩，因為曉得隨時要站起來。他們頻頻回首，看着大門。

開門了，走進來一位幼稚園教師。她說：「請大家到外面排隊。」一下子，大家文雅地爭先恐後，棄了原來的座位，一同湧過窄門。在外面隊伍的前頭，站着剛才遲來挨牆站的一群。形勢改變了，於是有人說：「我今早六點鐘就來排隊了。」又有人去跟教師打招呼，問她記不記得她。沒多久，插入一兩個人，隊伍也就平靜下來，逐漸像一尾生長的蛇，伸延向後面的石級，排到山下去。家庭主婦、父親和兄姊，默默地排在隊伍裏，望着前面一扇門。

「現在連幼兒班也要報名考試了！」一個婦人在那兒感慨：「考甚麼呢！以前我們小學也不用考。」她愛憐地拍拍身旁小孩的頭。另一個婦人說：「今天只是取表格，你其實不用帶他來。我報了四間，有兩間考取了。不過這間比較容易進好學校。」聽她說起來就知是有經驗的。隊伍裏一個時髦婦人，取出填

了的表格在看，她旁邊一個婦人就說：「怎麼我沒有這張表的！這張表是往哪裏拿的？糟了，怎麼我沒有！」先前那婦人說：「人家預先替我拿的。」連忙放回手提包裏，避過四週艷羨的目光。

隊伍前頭，那扇門還是關着。「還未夠鐘呢！」太陽出來了，照着這行列，這群擔心的父母。人群中，有個中年男人說：「取表格吧了，哪裏用得着這麼緊張？」他妻子瞪他一眼：「人家都緊張？你不緊張？」他們帶着的小孩子抬起頭問：「媽媽，明天早上起來還要不要考試？」她答：「明天不用。下星期六再考。」門打開了。開始有人進去。隊伍好像沒有移動。門太窄了，每次只進去幾個人。

(一九七七年五月)

賣木屐的老人

市場的地面潮濕骯髒，前面一個婦人的褲管濺了點點黑斑，她的黑色鞋跟每次向上提起，汲着的濕泥就濺上來。紅色和藍色的鞋子在地上踏過，彷彿也帶着陳舊破爛的顏色。

我走到行人道上。一堆甚麼擋住我的去路，淺棕色的新刨的木，在我的鼻子前面微微晃動。然後這連串的東西降下去，降到地面的角度。賣木屐的老人蹲下來，除下一對木屐，給豬肉舖裏的人試穿。

豬肉舖的伙計雙手插在白袍裏，低頭看自己的腳，沒有說話。新的木屐有三寸高，好像叫他忽然長高了。舊的木屐扔在一旁，大概已經穿了很久，蝕矮了，帶着污黑的斑漬。他沒有再試另一對，就問：「多少錢？」

「八塊。」老人說，指着旁邊的兩對，又說：「這對六塊，這對七塊。」

那人又沒有說話，老人就說：「就要這對吧。」說着，就從另一個袋裏，拿出一把短短胖胖的剪刀，剪斷新木屐當中那條紅繩。

老人站起來，挑着的前後兩串木屐搖搖晃晃。屐不是很多，只不過每串各有十來對左右，但看來很沉重。

那些木屐都很厚。屐的幫子是鮮綠色或藍色的膠片，木的質地是柔和的，像剛刨好的木。木屐這麼高，我想如果我穿上一定要絆倒的。

　　老人收過錢，還站在那兒兩邊張望。我順着他的眼光望過去，一邊是車輛川流不息的大馬路，另一邊，在擠迫的人群後面，是一道天橋，直通往海底隧道的入口。再遠一點，正在動工的，是地下鐵路的工作地盤。他兩邊看了一遍，從口袋裏摸出一張白紙來，遞給豬肉舖的伙計，説：

　　「這地址，現在怎樣去了？」

（一九七七年十二月）

阿　叔

　　朋友要走了，我們相約在茶樓喝早茶。坐了一會，朋友說：「待我打電話找阿叔一起來談談。我要走了，才發覺原來他是這麼健談的。」

　　阿叔就住在上面，過了一會，朋友頻頻看着門口，最後更走出去看他來了沒有：「他的眼睛有點問題的。」

　　朋友從門口扶阿叔過來，阿叔年紀老了，精神卻很好。坐下沒多久，就問我們說：

　　「你們喝酒嗎？」

　　「這麼早就喝酒！」

　　「怎麼不行？甚麼人家不是說：『晚來天欲雪，能飲一杯無』嘛！」老人家不理人家說的是甚麼時候，搖頭擺腦地吟起來。

　　我們笑起來了。

　　老人家站起來，要去買酒：「你臨走，讓我請你一次吧！」我們自然拉着不讓他去。

　　朋友買酒回來，一枝「百事吉」分了三杯，瓶裏還有，黃澄澄的，黃金的液體。在這個寒冷的早晨，看着也暖和起來。倒了酒，喚了送酒的東西，阿叔的說話更起勁了。

　　他說到酒，他說到喝酒對身體的好處。他說到他

的朋友，他的家庭，他說到他的兒子：

「他是個懦弱的人……」

我們還以為他要批評兒子，後來才發覺其實是稱讚他：

「他不是真的很懦弱，是看來這樣。他愛靜，只喜歡讀書和聽音樂。有一段時間買了一對鼓回來打，又組織樂隊。後來鄰居嫌吵，才把鼓賣了。他沒有甚麼嗜好，就是喜歡讀書，考大學的時候，嫌A不夠多，第二年又以自修生的名義再考一次……」

我和朋友都不是喜歡考試的人，聽了只有伸伸舌頭的份兒。

「他選的是最難選的系。他本來可以進社會系，但他覺得這樣太浪費考到的高分了，一定要進最難的系才成。」

朋友憑興趣，入的是巴黎一所藝專，也不常常回校去，只是畫好了畫，有時拿回去給畫室的指導教授看看。

「我的兒子是很勤力的，每天放學都留在圖書館裏，留到圖書館關門，家裏哪有那麼多科學的參考書？所以他星期日也回圖書館去。」阿叔說。

朋友說，他自己學畫的學費很便宜，每年才廿五塊錢，學生有許多福利，他希望多畫畫，多看事物。我說：「那你最好留級幾年，慢慢才畢業。」

阿叔說：「我兒子那一系升級也不容易，有幾個人要重考，還有四個人，升不了級呢！」說到底，他對自己的兒子，是感到驕傲的。

只不過他往往用另一個方法說出來：「他沒有用呀！這麼好靜，又不懂交際，不能讀文科，只好讀理科了。」

　　我抗議：「讀文科也不必懂交際呀！」

　　他笑笑，說：「他就是讀書勤力。」讀理科，在香港才是吃香的科目。阿叔問到做甚麼出來賺多少錢的事，我們都不甚了了。問到我們，更是沒有甚麼可說的了。

　　「瓶裏的酒，還是全歸阿叔吧。」我說。

　　阿叔推讓了一下，說：「你們才好酒量呵。」我們知道，他只是客氣隨口說說的。他一手按着酒瓶，笑瞇瞇地打量裏面金黃的液體。他叫他的姪兒：

　　「你吃了這件雞肶吧。」

　　我的朋友搖搖頭。我說：「阿伯送酒吧。」

　　「叫我阿叔，阿叔聽來年輕一點。」他說。

　　他吃一口雞肶，喝一口酒，看來很開心，話又多起來了。他從法文說到在越南的生活，說到來了香港以後的覓食艱難。

　　「我起先來到香港，就在路旁截電車，電車當然不停了。後來去到電車站，那麼多人湧上車，我讓過一旁，讓人家先上，結果呢，人家都上了，車也開了。下一次，再遇到同樣的情形，我當然不再讓人先上了。」他說。

　　於是他在香港艱苦創業，於是他對兒子充滿期望……我想說一點甚麼，又停住了。

　　我轉過去問朋友，他甚麼時候再回來？「大概兩

年吧，回來就會留好一段日子了，所以在回來前，想多看一些地方。」我們，似乎都還未適應去投入那競爭的世界。

阿叔現在做甚麼呢？「我退休了，現在就是喝喝這個，在天冷的時候，喝一點，身體也舒服得多。」

「不如意的事情是很多的。我活了那麼多年，得到的結論是：以最大的耐性，面對曲曲折折的生活……」阿叔給自己添了酒，喝了一口，不知怎的又滔滔的說出理論來。

「我有一個朋友常說：『今朝有酒今朝醉，一滴何曾到九泉』，這是最有道理的了。最有道理。你要孝敬我，不如趁我在的時候多請我喝一點酒。等到我不在了，你走到我的墳墓前面敬酒，我喝得到嗎？再好的酒也沒有用呀！所以說：『今朝有酒今朝醉，一滴何曾到九泉』，所以說……」

他一直說下去，我們靜靜聽着。

「我還有多少日子？最多不過七千多天……」

「阿伯，」我忍不住叫了出來。

「叫我阿叔，阿叔聽來年輕一點。」

（一九七八年一月）

玻璃板上的圓洞

　　櫃圍裏面的小姐檢視那張淺黃色支票，過了一會她說不可以存進我的戶口裏，她指指遠遠另一端的外匯部，叫我到那邊問問。

　　「可以的，我在另一個分行試過。」我說。

　　她又低頭檢視。隔着玻璃，可以看見她的眉心縐起來。

　　她回過身走到後面一張長桌旁邊。那兒坐着一個白襯衣打領結的人。她說了幾句話，他搖搖頭，抬起頭望向我這個方向。隔着櫃圍的防彈玻璃，可以看見那是一張年輕的臉孔，他的眉心又縐在一起。

　　我接回支票，一直走到後面。隊伍的前頭有幾個人。等待的時候我回過頭去張望，狹長的大堂的兩旁，一邊是一列櫃圍的小窗，一邊是牆壁。末端是我進來的大門。

　　門是玻璃門，可以望見外面的街景。每次有人推門進來，玻璃門就打開一道縫。同樣的風景，隔着玻璃門看來像過濾了，帶上一層茶色。推開門看見的真正的街景白一點，事物的線條銳利一點。人們進進出出，玻璃門開開合合。街景的景色深深淺淺，好像一個人不斷戴上太陽鏡又脫下，脫下又戴上，看見事物又遮去，接觸又隔開。

回過頭來，櫃圍裏的女子不知在說甚麼，隔了一層玻璃，我聽了兩次才聽清楚。我簽了名字，把支票遞進玻璃抽屜的夾縫中，留意到那兒有許多圓圓的小洞，其他櫃臺的玻璃板不知是不是也是這樣。那女子在那端接過支票。等待的時候我一直在想她每天隔着玻璃遠遠看着大門，以及大門外的行人和屋宇後的雲朵不知在想甚麼。玻璃大門開開合合，像戴上潛水面具又脫下。我取回存摺，一邊想玻璃板上這些特別的小圓洞用來作甚麼？是用來給支票呼吸的嗎？

（一九七八年一月）

鐘 錶

「糟糕，忘記了帶錶！」一個小孩子説着，推開那扇木門，向廚房那兒走過去。他進去以前，好像抬頭向天空的方向望了一眼。門在他背後閉上，帶來咿呀的一聲。他的説話和動作不知有甚麼關連，據我所知，走向天空或廚房的方向，都與鐘錶無關。

我們手上沒有戴錶，那便窺望別人的手錶，張望牆上，或是伸長脖子，向一個曖昧的窗口。朋友正在告訴我那地方三文魚每年辛苦地躍向上游的故事。孩子關上的門，還在背後咿咿呀呀的作響。一個中年人用背推着門出來。他手裏抱着一個大桶，倒退着走出來，門又彈回去。小孩子走進這時間之門，出來時變了個辛苦地抱持着個大桶的中年人。

咿咿呀呀，是發條的舒氣，時間的聲音。在門的背後，不知有甚麼。嘶嘶的鑊裏炒菜的聲音，洗碟的聲音，刀叉相碰的聲音，在格格的聲音中過完了一年又一年。

那些封在抽屜裏，吊懸在牆角，在櫃底和牀的下面的，在坐椅的背後或是牆的那端的，照樣踏入新的一年。又一個婦人推開門，走入不知是那兒的地方去。門後面除了聲音，我甚麼也不知道。而人們照樣在這前面徘徊，抽煙，找生活，碟子依舊發出卑微的碰撞聲。

外面車輛依舊流過去。有人從貨車上躍下來。朋友繼續說起關於那些三文魚，牠們每年一度，逆流而上產卵，辛辛苦苦地在急流中向上躍去，牠們是那麼辛苦，去到上游，已經盡是蒼老了。生活真是艱辛。我們也沒聽過不跳躍的三文魚。一年又一年地逆流而上。這是甚麼時候了？我沒有帶錶。只是看見又一個小孩前來，推開那扇咿呀作響的門。又是新的一年。

(一九七八年一月)

進入「的是高」聲音的夜

「我不知從哪裏找到周夢蝶的地址，就冒昧寫信給他，託他買一些詩集和詩刊。沒多久，竟然真的收到他的回信……」朋友說。

「我是看《周報》和《好望角》，後來就在圖書館裏找到《六十年代詩選》」我說。

「那本書編得很好，那時還有《創世紀》、《南北笛》、《石室之死亡》……」

「那時有些詩看不懂，也喜歡看。」

「從台灣訂回來一大批詩集。宿舍裏的同學看到了都很羨慕，也有人問我借來看。於是便把《還魂草》包得整整齊齊的，還說明不准弄髒……」朋友說起過去的事，忍不住笑起來了。

朋友又說：「上課的時候，就在桌下偷偷的看詩集。」

「呵！我們也差不多。還在上課的時候寫開玩笑的詩，你贈給我，我贈給你。」

餐室裏只剩下一兩桌人客。我們吃過晚飯，坐在那裏閑談，說起最初是怎樣看詩的，一下子就想起了許多東西。六〇年代香港那些斷斷續續的刊物，友聯代售的一些詩刊，《苦苓林的一夜》和後來的《賦格》、華僑文藝和《五月狩》、《酒徒》、《地的

門》、雅苑畫廊、亨利摩亞和《斷了氣》那一陣子的法國電影。當時那是我們的遊戲、娛樂和寄托，是我們相信的事物，溝通的媒介，也是我們得到快樂的方式。

「請你們先埋單。」現實的聲音打斷了我們的回想。甚麼一回事呢？才不過八點半，周末這麼早就打烊了？

「沒有甚麼，不過過一會這兒有跳舞，但無所謂，你們可以繼續坐。」

我們這便結了賬，繼續坐。

過一會：「你們坐到那上邊去吧！這兒的枱凳要搬開了。」

於是我們三個人又坐到上邊去。我們喝着水，繼續閑談，自得其樂地看着他們把中央的枱椅搬空，留下一幅小小的空地。

在我們背後，有一枱人還在吃晚餐。那個外國人咕嚕說怎麼他的湯還不來。他的桌上有很多食物，但他似乎吃得不開心。

朋友從他的紙袋裏拿出三個紅紅的李子，我們分着吃了。真妙，完全沒有人理會我們。我們悠閑地坐在這裏，看一間餐室怎樣過渡成為一所「的士夠格」。

他們搬來了射燈和樂器。椅子不規則地互疊在一起。正有人把它們搬開去。「這麼小的舞池，怎樣跳呢？」我們好奇地留下來，看個究竟。

外國人結賬離去了。他很生氣，走過當中那些牽

牽絆絆的電線，他罵道：「你們要就做一所餐廳，要就做一所的是夠格，不要同時做兩樣。」沒有人回答他，每個人都忙着搬東西。

然後有幾個外國女子走上來了。她們坐在那一張枱上。時間還未到，她們已經躍躍欲試了。

音樂響起來。歌手試了幾個音。樓梯那兒走上來一群年輕人。他們都穿着白色的衣服，闊闊的褲子，背一個小手袋，他們的頭髮都是短短的，他們看來都很年輕，大概看來只有十幾歲。

「這麼年輕？」

「看來就像我們的學生一樣！」

他們熟絡地坐到我們旁邊的一張枱上。有幾個坐下了，有一個索性不坐，就站在那兒。他們沒有交談，沒有喝東西，好像在等待甚麼。

我們早已吃光了李子，喝光了水，就坐在那裏，一邊閑談，一邊無限好奇地看着這新的一代。

又一群人來了。一個中國女子和一個外國女子擁吻。她吻過了又去吻一個外國男子。就站在我們前面，嘴對着嘴，吻了老半天還沒有分開。樓梯那兒又走上來十多個青年。他們或坐或站地分佈在舞池的三邊。沒有喝東西，沒有交談。很冷靜，很冷靜地等候着。注意，但沒有留心。緊張，但沒有喧嘩。參與，但沒有介入。

馬拉松熱吻暫時告一段落。那女子穿花蝴蝶地在人群中消失。外國男子站在那裏等候了一會，肯定再沒有人要來吻他了，只好訕訕地坐下來。

「那時候……」我們剛要再說話，但響亮的音樂聲響起來了。舞池還是空的。沒有人出來。聲音是響亮的，沒有人說話。的是夠格的音樂是叫人不要交談的音樂。

那邊餐廳的工作人員搬着一件東西——一件巨大的樂器、一綑昨日的回憶還是一大堆咽回肚裏的說話？——經過洋人那一枱。一個好像螃蟹那樣的女子坐在路邊，她的蟹鉗阻住了去路。他們請她讓一讓，她兇巴巴地站起來，做了一個「可以了吧？」的手勢，做了一個「還要麻煩我？」的手勢。直到人家去遠了，她還生氣地向遠方豎起一根中指。真不明白螃蟹為甚麼這麼生氣。人們猶豫地在舞池的邊緣移動。然後，螃蟹出動了，與熱吻的蝴蝶進入舞池，兩個女子，再過一會，一對對的，他們擺動身軀，手和腳，很冷靜、很冷靜地在播響的音樂中動盪起來。他們沒有注視對方，沒有交談。獨自依照次序進行轉動。他們的手揮出去，最後回到自己身邊。他們獨自在完成儀式。各與自己交談。好了，該是我們離開的時候了。在樓梯那兒，還有一群人正在排隊購票進場。一個少年對鏡梳髮。在門前，一個少年問另一個：「夠不夠錢呀？」門外的行人路上，在中環本來冷寂的周末之夜中，聚集了一群年輕人，他們穿着流行衣服，無聲地站在那兒，不知在等甚麼。

（一九七八年七月）

幾個外國人

「那當然，你們中國人有最古老的文化呀。」說到歐洲比美國有文化的時候，那個德國女子說。她在巴黎住了十年，她說自己一生最好的時光都在那兒渡過。她愛那兒，她剛來了一星期，但她說也喜歡香港。

「為甚麼？」

「因為這兒這麼多人，好像充滿活力的樣子。」

「那你去了甚麼地方呢？」

大嶼山？噢，沒有。長洲，本來要去的。香港仔？還沒有機會去，赤柱？我真渴望去，但你曉得哩⋯⋯

「我們去了南丫島，那真是個糟透的地方，我在那兒着了涼，結果一直沒有痊癒，哪裏也去不了⋯⋯」

在一旁，那位外國駐香港的通訊記者叫大家起筷。他的筷子使用得不錯，表演夾海參居然也活動自如。原來他在香港住了二十年，這次的北京菜都是由他點的。他在吃方面頂道地。

「你會讀中文嗎？」

「不，太難了！」

他讓我看他的卡片，上面有人家替他起的中文名字。看着那三個古怪的字，我忍着不要發笑。

「這是個很壞的名字是不是？我知道的，我要再改一個。」他的中國朋友一定是跟他開玩笑，隨便胡湊三個字，外國人在卡片上印上三個中文字，現在似乎也很流行了。

「中國的食是世界最好的。」每個人都似乎同意。

這位記者內行地介紹食經。他在香港二十年了，會說中文嗎？

只會說一句。他神秘地笑起來，壓低了聲音，用國語說：「肚子不好！」

「這是甚麼？」那女子夾着一塊芝蔴蝦，問道。知道了答案：她哦一聲，說真是美味。

她說她來了香港以後，試過北京菜、四川菜、廣東菜，都覺得非常好。她想趁走以前多試一點。她過多一兩個星期就要回去了。

「回到德國？」

「不，當然是巴黎了。」

話題始終環繞着飲食。說到花雕，花雕就來了。喝酒。飲食的笑話，一對英國夫婦帶了一頭狗到酒家去，結果端上來的是⋯⋯「我可以猜到結局！」那外國人忍不住笑。吃的東西，幾乎噴出來了。

那邊另一個外國人說：「我不能忍受吃這個東西！」神秘，古怪的東方。吃蛇或雞腳。最好隔一段距離，不要真的吃進肚子裏。「我熱愛中國文化。不是有本叫肉蒲團的甚麼？」幾乎是同一的語氣：「當代的，就不知道了。」

那邊，另一張臉，記不起是不是這張臉，在討論時説：「香港是一個荒謬的現實」，他不明白何以這情況可以存在，他要求這個外國作者指出一個方向，讓座上這些用中文寫作的人改變它。奇怪。好像這問題有一個簡易的答案。一枚靈丹。一服見效的藥丸。這住在香港的外國人在旅遊豪華巴士的窗口，在飛機上，向擦身而過的另一位外國人喚道：「給他一枚靈丹吧！」一服見效的。

　　桌上的一大尾魚，已經所餘無多了。肉都被人吃去，只有難啃的骨頭留下來。沒有人動筷。

　　「住在香港，真是有不少方便呀。」香港通對另一個人説。

　　糖水都喝光了。也再沒有花雕。

　　「香港最好的是甚麼地方？最壞的是甚麼地方？」

　　碟中只剩下一排骨頭。這個人獃獃地望着它，好像認不出這就是剛才吃的一尾魚。

（一九七八年三月）

十多隻手一起按上去

一面花花綠綠的牆壁，保嬰丹保濟丸濾嘴長煙電子廠招請工人電影籌款青年刊物民歌晚會。可想過，那些海報是怎樣貼上去的嗎？

我貼過海報，許多次了。多是為朋友們辦的刊物作宣傳。還記得第一次貼海報。是兩年前吧，大夥兒在我家裏，煮好了漿糊，到附近吃過宵夜，便出發了。老經驗的人告訴我們，貼海報不要太早，提防給下一班新貼的蓋過。所以我們出發的時候已是午夜左右，一行十多二十人，浩浩蕩蕩的，有人提一桶漿糊，有人拿刷子，有人挾一疊海報，走在無人的街頭，真是比小學生第一次遠足還興奮。

那晚颳着風。第一張海報，就貼在街口的空牆上(現在這堵牆，已經拆掉了)。用了特別厚的漿糊，再由一個人小心奕奕把海報貼上去，風把海報的四角吹起來，一下子，十多隻手一起按上去，合力把這張軟紙緊貼在粗硬的牆壁上。不約而同地伸出去的手，同時感到了海報後面那漿糊的溫暖與柔軟。

貼好了，就像完成了甚麼偉大事業那樣，站在那兒欣賞。當然，如果每張都這樣貼，恐怕不知要貼到甚麼時候了。於是就分成小組，各自工作，但還是互相傳遞桶子。那兒的海報缺了，便遞一疊過去；哪

兒的漿糊不夠，便趕過去加上一刷。更有一兩組人，拿着裝備，衝過對面馬路。在這深夜的街頭，嬉戲玩耍，要讓明天那些早起的人，看到我們的訊息。

有時頑皮起來，便連電壓箱(這後來受到一位警察先生的警告)電燈桿巴士站也貼滿了。在不同的牆上，貼成各種奇怪的圖案。一個當眼的空位，彷彿是甚麼奇珍異寶。垃圾箱是最好的梯子，大家比賽爬到最高的地點。行人隧道的頂端、電車站的上蓋、各種想不到的地點，都是動腦筋的目標。有些惡作劇的人，更把海報貼到巴士的後面去。有一份青年刊物，就是因為把海報貼到地下鐵路的標誌上面，收到香港政府的警告公函。

不過，我們最初貼海報的時候，惡作劇的成份少，興奮虔誠的成份多。一疊海報在懷中被風吹得簌簌作響，最重要的是想怎樣把它完整地貼到牆上去。到了一個分叉路口，便分成兩路人，相約在那一個地點會面。一直由鰂魚涌貼到中環，再乘最末一班渡輪到九龍去，這樣一晚下來，大家的雙手沾滿了漿糊的污漬，乾了的時候就緊緊貼在皮膚上；渾身是汗，連風吹也不覺冷了。往往完了還要去吃宵夜。看到滿牆是剛貼的海報，大家為一個共同的想法做得又累又睏，倒好像挺安慰的。有一次我們一直貼到中環，已經是早起的報販摺報紙的時光，一盞盞昏黃的燈旁，他們邊工作邊喝茶，我們站在一旁，連一杯熱茶也沒有，卻好像是遇到一同工作的伙伴似的。

第二天一早起來(許多時根本沒睡哩！)還要到處

去看看海報貼成怎樣，看見清清楚楚的在那裏，就高興了；看見被別的海報蓋過，就好像是甚麼天大的慘事。大家還要互相通電話：「尖沙咀碼頭的海報，中午還在那兒呀！」「廣場那兒的海報被人撕去了，真慘！」

貼海報，也有它的奇遇。

危險倒是沒有的。最多的時候，有廿多人，最少的時候，有一位朋友光是帶她的小兒子，兩人中午到學校區去貼也試過，幸而我們都沒遇到箍頸黨。

不過如果太早貼，晚上還有行人的時候，那就難免有人圍觀。有些多嘴的，自然就有話說了。有一次，我們正在貼一份周刊的海報，有兩個中年男子走過，其中一個瞄了一眼，就說：「每份五毛！我不如儲起來，買多重彩！」

又有一次，是深夜了，我們正在尖沙嘴貼海報，旁邊不遠的地方，有一個中年男人也在貼。他背一個大袋，神情嚴肅地在那兒貼海報。他的海報是小小一張白紙，大概只有一般海報一半那麼大。這樣一個人，半夜獨自在那裏嚴肅地賣甚麼廣告呢？我們好奇心起，趁他走開，就跑過去張望。

原來白紙上寫着「警告逃妻」四個大字！還有一段小字，說他的妻子如何騙了他的錢，如何與姦夫潛逃。紙上列了他們的名字出來，在右上角還有一個空框，看來是用來貼「逃妻」的照片的。這樣的海報，把我們嚇了一跳！看那邊，他還在認真地貼遍一條又

一條柱。在這樣的深夜裏，他也有他的話要說出來。

我們不希望遇見賊人，我們也不希望遇見警察。有些夜歸的朋友，常常被警察搜身。不過貼海報倒是無礙，警察至多在旁邊看看，也就走過去了。

有一回，在佐敦道附近，已是凌晨了。我們正在貼海報，有一個警察走過來，問：「你們在做甚麼？」

我們明明在貼海報嘛，他不相信麼？

於是，我的一位朋友，告訴他說：「我們正在欣賞初秋黎明熹微的曙光。」

警察先生想了想，似乎也滿意這個解釋，便走開了。

有人說：「貼海報貼得這麼辛苦，你們怎不花錢請人貼呢？」

第一，當然是我們沒有錢；第二，則是請人也看請着甚麼人，我知道有些朋友的刊物，請人一毛錢貼一張，結果人家只是在幾條大馬路(香港就是英皇道，九龍就是彌敦道)貼百來張，虛應故事算了。

貼海報，要講天時地利人和。天時最好不是颱風下雨；地點要旺中帶靜(太旺嘛，轉眼就被人蓋去)，平時最好接近學校區(如果是學生或青年刊物的話)，星期天最好是熱鬧的街道；還有些人貼在銀行門前，若是星期六晚就可以取巧渡過一個星期天。至於人和，有一群合作慣的朋友，一起說說笑笑，那就最好不過了。

但這也難說。也許逐漸的，這人這次不來，那人那次沒空，另一個人鬧情緒了。回想起來，這些都不是自然不過的事嗎？貼海報，也正如對其他事，你有感情的時候，甚麼都可以做，甚麼都不覺得尷尬，怎樣也不累。過了一段日子，浪漫的感情變成必需的責任，就總有人疲累，有人懷疑，有人考慮與估計，到了那時，感情已有了折扣。潮濕溫軟的漿糊結成乾硬的黑疤。

　　不過，不要緊。有些話也無謂說了。不是總還有人貼海報嗎？你看這街上，七彩繽紛，還是有那麼多不同的訊息。又一群人在深夜走過街頭，在偏僻的地方遇到另一張同類的海報就像在異鄉遇到知已，當風吹起海報的一角，總也有幾隻手同時按下去，他們又會在回頭時看見剛貼下的海報被蓋過而頓足，他們修補被風撕裂的，舒展摺縐了的，他們那麼相信自己的海報，總想叫它美麗一點。

　　此外，更多的，是色情電影、武俠雜誌、狗經馬經的海報。它們不像年輕人自己貼的海報那樣溫情、頑皮、鬧情緒。它們整齊地、大規模地、職業化地漫山遍野蓋過來。一批撕破了、曬黃了、淋壞了，又換上另一批。那些刺眼的色彩，煽動的字眼，驕傲地說着它們的勝利。一根電燈柱、一堵牆，默默地看着。

　　偶然，走過街頭，看到一張比較突出的海報，我會停下來看。我貼過許多次海報，我知道貼一張海報是不容易的。

（一九七七年，原刊《象牙塔外》）

紋織的風景

石頭上的痕跡

自從李維安一九七二年替中環富麗華酒店設計把北宋武宗元的道教人物畫《八十七神仙卷》放大雕鑿成三千多平方尺的巨型壁畫之後，他的名字開始有很多人認識了。其實他創辦李氏畫苑經年，成績相當可觀；另一方面，他一直從事水墨畫創作；最近由藝術中心主辦的一個五人畫展，除了畫，他更展出新的嘗試：石刻作品多件。

李維安說，在他還沒有真正接觸水墨畫之前，最初曾經畫過連環圖冊子，然後改畫教科書的插畫，跟着他進入一家美專研習素描和油畫，同時到書店購買有關美學理論和其他的書籍自學。因為像所有的年輕人一樣，當時的求知慾很強，逐漸靠這個方法充實自己。李維安主要是靠艱苦自學而成的畫者。

後來李維安進一步從西洋畫回到中國畫的繪寫。起初他所接觸的一些中國人物、花鳥、山水畫，看到的盡是一些遠山瀑布、雅集式的陳陳相因，對於一個年輕人而言，確是提不起興趣的。相反，西洋畫的現代化理論確能吸引人產生共鳴，覺得是面目一新。但後來從書店購買得許多有關中國近代畫人的作品，發現齊白石、林風眠、程十髮、黃冑等人的異常表現，於是又激發起對中國畫的沉迷與遐想。

然後，李維安說，當他知道了呂壽琨、王無邪等人的名字，開始更注意香港繪畫的動態；於是跑書店之餘，就上展覽場所看畫展了。然後，他入了港大校外課程，聽呂壽琨講水墨畫的課程。從此嘗試繪畫，直到今日，還繼續追尋和實踐。

　　「一個畫家即使在沒有進行創作繪畫的時候，也得鑽研書本學問，作為吸收與充實，這很重要。」李維安深思地說。

　　我問李維安，在香港，一個青年畫家是不是很難冒出頭來？由此又談到大會堂博物館每兩年舉行一次的《香港當代藝術展》。李維安表示，這畫展沒錯是能使一個藉藉無名的畫家取得認可，確是冒出頭來的門徑。不過，假若一個年輕藝術工作者以此為己志，認定這就是惟一的登龍術而苦心經營，反而忘記個人充實與尋求，一味投其所好式盲目跟隨本地較具聲望的畫人畫風，並不是一個好現象。他說，有成就的畫人，本身都會經過一番刻苦的奮鬥和嚴格的摸索。這並不是一朝一夕可以達到的。例如「元道畫會」之後有「一畫會」和「中元畫會」，然後今日有「藝術視覺協會」；但這並非唯一的藝術道路。但願後繼者能夠保有更新的摸索精神。他認為，一窩蜂的畫風、一窩蜂的技巧，是要不得的。一個畫師教出來的徒弟全是一個模子，那是很可笑的現象。

　　那麼，我們又問，現在一個青年畫家如果要開畫展，場地是否多了？他說畫家作品展出的地方，確實比以前多。李維安目前在香港藝術中心工作，處理

和安排一切由藝術中心主辦而在法、德國文化協會開畫展事宜。他説，如果大會堂博物館是代表官方的，那麼藝術中心是代表平民的了。待藝術中心大廈將來興建完成，將會有更多的展覽機會，給予年輕的藝術工作者受用。談及香港畫家的出路，例如售畫的市場，他説雖然購買當代香港畫家作品的人士並不見得踴躍，不過並不是完全沒有人有興趣，只是對於那些沒有名氣的畫人來説，就比較困難。但機會還是存在的。

即使香港畫壇的歷史並不深遠，李維安指出，在這小小的範圍裏，畫派的門戶之見卻是很深的。這是事實，像世界上所有的畫壇一樣。

成長在香港的畫家，究竟應不應該有地方色彩的畫風呢？李維安認為，香港是一個工商業發達的城市，一個本土的畫家呼吸着本土的空氣，接觸的是現實的環境，那麼，證諸在繪畫中，自然應該是和這個空間有所關連的了。所以，出現在當代香港的畫家筆下的作品中，不可能是一些香港沒有的風景，例如香港沒有瀑布，怎麼可以在一張畫裏出現呢？關於有些版畫工作者強調所謂「鄉土」的畫風，更是胡説八道。香港是一現代化城市，我們接觸和所繪寫的，應該是一致的。「我就寧願畫一張椅子，一輛電車，或者一隻汽水罐，而不會去畫一幅瀑布了。」李維安説，「當然這只是舉例來説，自然我是有我個人的尋求，好像我一向喜歡探求和人有關的畫題。」

説到這裏，李維安拿出一組以人體為主題的畫

作給我們看。談到最近這次李維安展出的石雕作品，他說這是一個新的嘗試，他在水墨畫方面作了很多追尋，現在則願意從石刻當中尋求另一個方向。他願意從這上面表達出這些年來某些切身感受的經驗，表現一些有關真與假、虛與實的感受和印象。

李維安有一個幸福的家庭。他有二位女兒。太太李靜雯亦是一位畫家。他們兩位曾展出多次。李維安的水墨畫也作空靈以外的嘗試，比方他有一幅巨型的水墨畫叫〈繼往開來〉，遠看像一幅佈滿黑點的地氈，畫上那些密密麻麻的點子，近看原來都是一個個人，是人海的寫照，探討人在歷史中的位置。受委任把古畫《八十七神仙卷》刻鑿在酒店門外，他也自己開始花崗岩雕刻創作。他的〈吃的人〉等作品，是人像雕塑，朦朧的人形，善用了石頭粗獷樸拙的特色。也許石頭更近李維安的性情：實在可觸，不是神仙，完全是屬於人間的。

（一九七四年十月）

嚴以敬的書窗

嚴以敬在銅鑼灣開設一間小型書屋「傳達」，專售文學、藝術和音樂書籍，經過一段時日，如今更準備遷往跑馬地(利舞臺戲院附近)某處二樓，擴充發展。一個晚上，幾個人聚在「傳達」舊址談天，嚴以敬和嚴太太也談到開辦書屋的喜怒哀樂。後來一群人移師到跑馬地新址，順道參觀一下。新址的確比原來的要大得多，環境清靜，寬敞而且幽雅，已經開始進行裝修工作。

嚴太太告訴大家，自經營書屋以來，認識了很多朋友，這些都是喜歡看書的人，來到「傳達」隨便看看書，聊聊天，聽聽音樂。上來不一定要買書的，很多人來了以後都再來，大家很融洽，這是值得開心的。嚴太太認為，其實也並沒有甚麼不開心的，至於書屋曾經被劫多次和間中被偷書，這些都沒有記在心裏。反而關於一些書籍代理發行的問題，有一點兒波折就是了。

問及書屋擴充之後有甚麼計劃。嚴以敬坦白說，目前面對這麼大的空間，自己明白還沒有足夠能力去全面應付，經濟是一個問題，不過如果甚麼都有待將來，將來相信也不可能找到這樣適合的地方，所以還

是在這適切的時候，把地方先租下來，慢慢實行自己的理想。

嚴以敬表示，新「傳達」因為地方大，自然就得向各方訂購更多書籍，內容方面保持原來方針，待日後有成，再發展以包括其他類別。嚴以敬有一個主意，就是在新址裏，闢出一個畫廊，可以給年輕的美術工作者開展覽。他打算免費借出場地，藉此推動美術事業，盡量給予畫家們發表的機會。他希望以邀約和申請的方式，細節還沒有想清楚。

嚴以敬說，雖然香港目前已經比從前多了一些舉辦畫展的場所，但是氣氛方面卻不大講究，例如在銀行展出、在酒店走廊展出，吸引觀眾究竟會不會有問題呢？這是大有疑問的。還有其他的因素，更促使他願意分設一個畫廊。

新「傳達」將來因為地方大，可以有很多空間容納上來看書或聊天的讀者，到時除了播放音樂，更可以有別緻的椅子讓大家坐，還有咖啡招待哩。

大家都知道嚴以敬是一個漫畫家和水彩畫家，有人問為甚麼他會從做一個畫家而至開辦書屋，對他的繪畫生涯又有甚麼衝突。嚴以敬表示在工作上大多由太太負責，所以可說沒有太大的衝突和不方便，而且一向還設「純美畫室」教授繪畫。他說很多人都認為他的水彩畫是強調濃密的空間，給人一種置身在香港這個環境裏的感受；他承認他的畫本身並不太華美，但這跟他的性格和選擇有關。他說他喜歡看木屋看樹比看名山大川為多，這純粹是很個人的選擇。

嚴以敬教畫，有自己的一套方法，他喜歡帶學生(他說所謂學生，其實後來都變成朋友了)去郊外寫生。在畫室裏，並不指定他們如何去畫，只任其自由發展，特別在課餘跟他們談論自己對繪畫的看法和感受，他認為這相當重要，然後他們沿着他的帶引而發展個人的追尋。他強調日後畫廊借出場地開展覽，在申請的過程，除了看畫的水準，就得看畫者本身對創作的態度是否熱誠。

　　原來在嚴以敬年輕自學的時候，需要吸收書本上的知識，只能跑到某些英文書局翻閱，因為那裏通常都有很多畫書可看。可是有一次遭到書局裏的人愚弄，把他攆了出去，這事引起他很大的感觸，於是下定決心，有機會就要開辦一間書屋。自然這也影響了他個人辦書店的宗旨，在「傳達」書屋開辦以來，他都是一直這樣做，誰進來看書，不一定要買，還可以聽聽音樂，聊聊天，交換意見。

　　因為他本人從事繪畫工作，所以認識很多繪畫的朋友，後來台灣出版的《雄獅美術》月刊，就請他做香港代理。所以他立定心意，先由文學、音樂和美術方面的書籍做起。近來因為世界性紙荒，很多出版商把書價提高，但嚴以敬認為太厲害了，依然不肯標價過高，並且還有折扣。這些事常令他感到煩惱，因為他深知年輕人和學生的經濟情況。

　　新「傳達」在裝修方面，也花了他很多心思，但他認為是值得的，他更打算日後可以印刷一些書訊——出版消息、文藝活動——在店裏派發，最好能

夠舉辦一些講座和座談會。至於出版文學、藝術叢書的計劃，嚴太太說，這得要先搞好書屋的發展，穩定以後才慢慢現實這一方面了。嚴以敬夫婦是一對很善良、隨和的人，他們表示希望在香港這個文化沙漠裏，盡量推動讀書的風氣，有一個空間，讓人看到外面更多不同的東西，讓新的事物可以生長。

(一九七四年十月)

紋織的風景
—— 談梁巨廷的山水新作

　　約了去看梁巨廷的畫，他還未回來。我站在明華大廈屋前走廊那兒，在欄桿前面四處張望。樓下有嬉戲的街童，有婦人挑着擔子經過。隔一條阿公岩道，對面是山邊。山上光禿的岩石嶙峋不平，粗黑的斑痕把石塊割裂成不同的面，分成不同的光暗顏色，有些帶着水漬的濕痕，有些帶着太陽的反光，有些是暗茶色，有些是淺棕色，有些彷彿猶在明晦的變化裏。而從石的窩坳，長出叢叢青草。那綠色，也像石塊一樣，隨着光線明暗，在不同的位置，各有不同的綠。我想起梁巨廷近期的畫作。他近期這組畫，繪的是自然風景，主要是在刻劃那光線的變化、日夜的陰晴、煙霞與霧氣，色調的奧妙變化。我想他一定有許多次，像我現在這樣，站在這廉租屋邨走廊的欄桿前，眺望山邊岩石的姿勢。他一定仔細觀看那些石塊各自的顏色，觀察它們在陽光裏的樣子、在陰影裏的樣子、風吹拂過草叢的樣子、當灰雲遮了白日而大地一片陰影的樣子。他一定是耐心地站在這裏，觀看事物暗啞和發光的樣子。不僅是這樣，他一定也喜歡大自然，會登上高山或走到海邊，看一片雲如何從橫裏切斷一輪初升的白日，看最初的陽光如何染黃了山頭，他一定像一個敏捷的獵人守候野兔那樣守候光，看它偷偷爬出來，躲藏在草叢裏，在花瓣上閃過，跳躍在

紅色的落葉旁邊，穿過叢叢密林，在這裏那裏留下一絲痕跡。他一定是仔細觀着光怎樣緩緩改變一株樹，怎樣在煙霞中若隱若現，怎樣在黃昏日落時染紅了山峽。他觀察它，又在畫中把它表現出來。

梁巨廷十七歲開始繪畫。在這之前，他做木工；起初看朋友作畫，發生興趣，終於跟老師學畫，逐漸整個人浸淫下去。這麼多年來，他作過不少嘗試，包括拼貼、拓印、設計、硬邊繪畫、帆布雕塑、水墨抽象畫；後來有一段時期，則把紙縫好染色再摺縐，實驗物料的特質，跟着又作了一些木版水印的畫作，隨後赴美歸來，則展出白色塑膠彩塗在白紙上的那一列《空間集》的素白作品；後來，他又作了連串木刻版畫；目前這組新畫，則是以風景為主，大概是受近年旅行的影響，材料主要是用木鉛筆和蠟筆畫在紙上，間亦有水彩。我們可以看到，梁巨廷是一位不斷嘗試的藝術家，他嘗試不同的物料，不同的技法，而又設法在其中貫徹自我的意念。從日常的談話中，你會發覺他很強調藝術家生命的有限，所以不斷督促自己求進步求變化；但另一方面，他也自覺藝術的進步是順序而來，不可強求，所以也非常重視鍛鍊和工作。熱烈的衝刺和冷靜的反省，其實亦正是梁巨廷藝術的兩面。

看他最近這組畫，感覺是更成熟了。這成熟不是突然而來，是有跡可尋的。他這組畫固然是另一種物料和技法的嘗試，另一方法，鉛筆線條的躍動，組成全個畫面，也像他過去摺縐紙張上的紙紋或是木刻的

刀痕。這亦似國畫中的皴法或是外國畫家馬克吐比等人的筆法，但梁巨廷有自己方法織出自己的風景。我看他作畫，看他手執鉛筆，在紙上向不同方向繪寫，彷如舞蹈的躍動、音樂的旋律。這不是偶然的姿勢，藝術是長久苦心的紡織，他用黑色鉛筆繪畫了一層，再用不同的顏色鉛筆輪流一層一層繪畫上去，彷如織布，在其上織出山水的華采來。他最先在心中有了形象，在速寫簿中打下小小的草稿，再構思把它實現出來。他在磨練中逐漸接近表現心中感受的意象，逐漸把握顏色的效果。乾的鉛筆達到了濕染的效果，那些曖昧的顏色，森黑中透出的鮮黃，棕色滲出的深藍，兩種顏色浸染溶匯的矇矓的界線，都出來了。這些顏色是落日的濃紅(〈重山雙照〉)、是巖石的深深淺淺的藍褐(〈巖姿〉)、是彩虹的七色(〈彩舞〉)、是黎明的煙霞雲霧(〈曉霧〉)、是日出的微明(〈水泗〉)、是古老的門聯或是堆積的落葉或是早晨的太陽的那種鮮麗的紅色(〈朝輝〉)。其中大部份是用鉛筆與蠟筆繪成；〈水泗〉則是用水彩，格外輕柔，筆法不是線，是較短的點，仿如向秀拉的點畫致意；〈彩舞〉則除了鉛筆與蠟筆，左方和右方中央部份都是用水彩，是兩者混合的一個試驗。他這組畫裏有種種深淺光暗的紅、種種藍與種種棕，這是他對大自然細心觀察的收穫。這些繽紛華麗的顏色，是他苦心紋織的成果。

蠕蠕而動的短線織成了畫面，彷彿在躍動，彷彿在滲透，彷彿在伸延，但它們也組成了面，成了構圖的一部份，受限制於垂直線和水平線。這動和靜、熱

和冷，是梁巨廷畫作的兩面。梁巨廷過去不少畫作，是很冷、很靜、十分講究秩序的。事實上，垂直和水平，始終是梁巨廷畫面上主要的線條。他畫面上有兩個平面迫近的兩條直線，也有直線之間那些朦朧曖昧的甚麼。他繪畫起伏變幻的自然，也嘗試在畫面上給予這自然人為的秩序。他的直線和橫線，在這組畫裏仍然無所不在。所以他的〈曉霧〉和〈重山雙照〉，寫的是山水(也許是受旅行所見的桂林山水啟發吧！)但卻是圖案化的幾何圖形的山，橫線成了地平線，分隔那實在的與虛幻的倒影，而山仿如一塊塊硬板。這些機械與自然，圖案秩序與山水抒情，正是現代人的兩面。梁巨廷的〈紅意〉和〈月眼〉，似乎處理的都是落日的感覺，但卻有了不同。前者用的是橫線和斜線，顯得較冷靜，較注重秩序，把日落抽離成一種抽象的紅意的感受；後者則雖然也有當中的橫線和方形，卻用了弧線和日月的形狀，多一份抒情味道。這也是畫家的兩面。我很喜歡〈巖姿〉，那些豐盈的巖色，騰躍起伏，跌宕生姿；但也有道道橫線把它劃限，而在〈眉山〉裏，顏色留下空白，仿如自然在山巖中沖擊而生的巖洞；而整幅畫來說，既有畫面下半圖案式的分隔，也有上半湧動的不規則的變化。自然一方面是變幻的，在繪畫時它一方面又有了秩序，正如〈彩舞〉中的彩虹，是被阻隔了的彩虹，是現代生活中的彩虹，透過窗框與窗格看見的都市的虹意。更冷靜更有秩序的處理，則如〈朝暉〉，仿如門神或對聯，自然的顏色用於對稱的圖案；而〈雙眸〉亦是對

稱，虛實、圖形的對比，是秩序統御了自然。

梁巨廷這組新畫作了好幾十張，較大的作品包括十月間當代藝術展應邀展出的〈冰之心象〉，在藝術中心開幕畫展中展出的〈冰象〉等。〈冰之心象〉是三幅畫面的連作，〈冰象〉則是四個畫面的並列，不同畫面的並置，產生電影感，有連續或襯托的效果，有時也可以從幾個不同角度描繪事物，參差比照。這些大型作品構思意念的成份較強，感性抒情的成份較少，往往是較冷、較知性的作品，在畫題上也可見到。

他最近往尼泊爾、印度旅行回來後，又繪了幾張新作。仍然是同樣的技法，但畫面上開始有新的變調，例如減少橫線和直線的出現，多嘗試空白效果等。他到底是一個不斷在嘗試的藝術家。他也是個勤奮的畫家。他幾乎每日都作畫，這種熱情與投入，我覺得是最難得的地方。有一次問他為甚麼最初從事繪畫以來，一直沒有猶豫或放棄，始終堅持下去。他回答說是因為開始的時候除了畫就甚麼也沒有，畫就是一切，是表現也是溝通，是工作也是娛樂，是生活也是志向。他這種堅持與投入，一直維持下來。說熱愛藝術是容易的，但口說無憑，只有實在的工作表現愛的深淺，當梁巨廷手執鉛筆、像一個平凡的織工編織彩氈那樣耐心繪畫的時候，我們可以從他身上找到證明。

我欣賞他對畫的態度，近來有機會看到他這組新畫，又很喜歡，所以決定找他談談，說不定可以寫點

介紹，讓更多人看看。我去看了好幾次畫，那些幽微的顏色，隱約的光線，可真不易描繪。正如畫家不容易捉摸大自然的山光霞氣、石影湖色，我們也不容易捕捉畫中表露的畫家意念和感情的變化呢。

離開他家的時候，他送我出來。我們沿着阿公岩道緩緩前行，走過幾幢大廈，前面是一些正在建築的廉租屋，還搭着竹棚，一轉首，我忽然看見兩幢灰色大廈的垂直線條中，夾着一團落日的濃紅——而這，不正是梁巨廷畫中典型的風景嗎？街道斜下去，通往海邊，那兒是筲箕灣漁艇集中的地點。在街尾，正有兩個漁民蹲在路的兩旁，一個在拆一綹綹暗紅色的舊繩，把它拆成幼線；另一個把幼線搓好，絞成新的繩索。我問其中一個老人：「是用來做甚麼的？」他說：「搓成船纜嘛！」他正把這些彎曲纖幼的細線，編成一條堅實強韌的繩纜。而我就想：我身旁的這位畫家，不是也正在做同樣的事情嗎？

（一九七七年，原刊《象牙塔外》）

幾位年輕攝影師

——七人攝影展

這裏介紹的幾位青年攝影家，他們並不是共同隸屬於某個團體、或者某個攝影學會，他們對藝術的看法或許並不一致，作品的水準也各有不同，只是基於對攝影的愛好，聯合舉行攝影展。他們並沒有固定的成員，張景熊、吳漢霖、莫國泉、趙德克、黃仁達、楊紹宜、鄭凱等七人最先在去年一月間在大會堂舉行七人攝影展。其後七人中有幾個人離開了香港，到了今年三月，張景熊、吳漢霖、莫國泉，再加上陳樂儀、陳廷青、何世驊、溫仲賢等，再在大會堂舉行一個七人攝影展。第一個七人攝影展展出的作品，已經富有實驗性，到了第二個七人實驗展，展出的作品更比去年成熟，有好幾位都流露出自己的風格來。這些青年攝影者的作品富有新意，他們眼中的香港，不是俗套的孤帆落日，他們嘗試用新技巧去表現自己熟悉的現實。他們的作品，正如香港其他年青作者、戲劇工作者、實驗電影作者的作品一樣，具有清新的氣息和獨特的面貌，看來必將會引起更多人的注意。

吳漢霖

吳漢霖從事攝影已有多年經驗，據他自己說：是中學一年級開始學攝影，現在恐怕已有十年了吧。他的技巧十分熟練，而且還不斷作各種嘗試。

目前除了以美術設計為工作外，工餘並義務做一所學會攝影班的導師，教導攝影。

吳漢霖拍攝現實的事物，經過加工而給它們賦予幻想的色彩。比方他拍攝的樹在虛與實之間。另外兩張照片的背景，原是嘈雜紛擾的大街和市場，吳漢霖利用一個工人持着的一張鐵片的反照，把現實的高樓化作虛幻的倒影，把鬧烘烘的市聲人影濾成安詳的藍影。在緊迫冷酷的現實生活中創造出一個可以稍事休憩的幻想空間。

莫國泉

莫國泉最近展出的一組照片，有許多都以簡單的物質為題材。簡單的一個檸檬、一支鉛筆、一個抽水馬桶的拉手，這些平凡的物質，經他拍攝出來，有一種集中的趣味。

攝影表現了攝影師對現實的觀看方法，比方一個蘋果，每一個人拍攝出來都不同，這就是觀看方法的不同。有人喜歡表現巍峨的高山，而對於另一些攝影家來說，他們則會說：「為甚麼不可以從一個檸檬、一支鉛筆開始？」

莫國泉畢業於——呀，記得有一趟他說：「我不要說以前做過甚麼，我要說將來做甚麼。」既然這樣，我們也不談他的經歷，且看他下一步拿甚麼出來給我們看吧。

陳樂儀

陳樂儀在美國攻讀美術時，曾經拍了兩部十六米的短片《三個短篇》和《中共入聯合國》，回港後不久，即參加了今年的《七人攝影展》。他展出十多張互相連貫的作品，全部以房東姜老太太為主角，拍攝她煮飯、燒開水、吃飯、休息等平凡不過的動作。這些日常作息儘管並無奇特之處，卻是現實生活的基本面貌。攝影師的穩實樸素不是由於無話可說，而是把話說得凝練。

張景熊

因為篇幅關係，我們未能刊出張景熊拍攝的彩色照片，實在可惜。他這趟展出作品中一組以烏溪沙為背景用紅外線菲林拍攝的彩色照，十分突出。而最值得注意的是，這些色彩的實驗，不是為了求新求怪，而是用來更確切地表現他對所拍攝對象的感情；繽紛的繁花和人物，予人溫暖的感覺。他很少刻意賣弄鏡頭、安排對比，反而喜歡即事漫興，表達所見所感，他拍攝所愛的人與所喜歡的地方，流露出濃厚的感情來。他用攝影機寫日記般的拍出極端個人化的作品，向我們證實了一具攝影機不僅是一具冷酷的儀器，也可以傳達哀樂的感受，他一張自拍照在照上加上題詩，詩作也是作者自己的作品。對他來說，詩與攝影同樣是表達自我的工具，而兩者的關係又是相當密切的。他的詩作曾刊於《創世紀》詩刊及《中國學生周報》等刊物上。

何世驊

何世驊是一位體育教師，也是一位出色的業餘民歌手，據說在一所學會舉辦的歌唱比賽中，他曾獲得冠軍呢。攝影師的取材，多少與他自己的愛好和接觸的範圍有密切關係，何世驊拍了不少青年歌舞活動的照片。何世驊另一組以坪洲為背景的作品，以一位傷殘青年站在嶙峋怪石的背景中，刻意突出人與自然的對比，是他較具有實驗意味的作品。

陳廷青

陳廷青展出的一輯作品，特別注重構圖。比方以人腿疊成圖案等，使人感到攝影師着重表現畫面的結構，多於表現拍攝的對象。把洋娃娃的斷頭安排在巖石堆中，顯見特別想烘托與對照的苦心。

陳廷青拍過八米的實驗電影《冷燃》，現在房屋物業估價處工作。這幾位青年，多半不是職業攝影師，他們有些是教師，有些是公務員、有些是美術設計師、有些則目前失業。他們接觸不同的現實面，然後各自在作品中表達出來，代表了一部份香港青年的觀感。

他們今年三月初在大會堂展畢後，歌德學院與香港藝術中心在四月間再替他們舉辦一個展覽。據說他們準備在今年九月再籌備一個規模更大的攝影展呢。

（一九七三年十月，原刊《文林》月刊）

不同語氣的對話
—— 與黃仁達談攝影

　　介紹藝術作品的文字總傾向為藝術家定位、作一判斷、把他放在塑像的臺階上或摔在腳下踐踏。我想作一些別的事：看看仍然活着、仍有可能的人們在做甚麼，為甚麼這樣做。讓我們交談，通過作品。結論嗎？遲一點吧。

　　那天晚上黃仁達不是坐在我的上首或下首，而是對面。我忽然想起，就問：你巴黎的那組照片，拍攝人們的背部，給予我一種沉鬱的感覺，好像跟我認識的你有點不同。他回答說是那環境的關係，在巴黎，在那種天氣和雲層之下，光線是如此柔和，他想捕捉那種氣氛。他認為光線是重要的。至於整輯照片選擇背部，他是着意的，想從背部也能表達出那表情來。

　　一個背影，使我想到離去的人。我們原先說到一位逝去的朋友，在談話的中間，我還禁不住屢次想起他。我忍不住，就問：你有沒有拍過他的照片呢？我的意思是，你有沒有拍攝過你喜歡的朋友，你所愛的人，像你拍攝這些街頭的小小戲劇一樣？也許這樣的問題來得有點突然，他沉思，然後搖頭，說沒有。我的問題沒有價值判斷的意味。只是我面對一件作品，有時總是忍不住從許多角度提問。一些看似沒有連繫的問題，想碰撞到一些意外的答案。比如這一張女子的照片，這裏面的女子，是你的女友吧，我說，可是

我覺得奇怪的是，你沒有拍出她的臉孔，反而遮去她的臉孔，做成一種ESCHER式的奇詭趣味，這不是很有趣嗎？

我胡言亂語，想引攝影者談到技術以外的問題。黃仁達的好處是並不太過敏，所以我們可以在愉快的氣氛下，正正反反地談論問題。我不以為自己在下一個結論，黃仁達顯然也不自以為是在下結論，正因如此，我們才可以交談下去。

事實上，我當然同意，題材的選擇是並不重要的。我問：如果有一個題材，別人都覺得很重要、很有意義，但你自己並無感受，你會去拍攝嗎？他說不會。他又認為，有些攝影者可能有題材，但技巧粗糙，或僅是把題材羅列，沒有自己的透視力，這都是很可惜的事。

攝影這媒介，有人認為不屬於藝術，因為太輕易了，只要在技術上把握得到，就可以隨便獵影。黃仁達同意有些人確是太馬虎地運用攝影，但仍可分精粗。嚴肅的態度，仍可使攝影成為藝術。

我嘗試把文字與攝影的媒介比較，文字可以表達畫面背後多一點的甚麼。文字可以表現歷史的背景、社會的因素、文字可以表達微妙的感情、氣味、觸覺與味道，可以表現時間的逝去，日夜的轉移，人的生老病死，僅是一張照片，是不是困難得多？

不！他立即回答，為我肯定攝影的功能。他認為只要做得好，應該是可以做到從一個畫面，也表達到畫面背後的意義。顯然的，他是向這個方向做去。比

如他的攝影，許多會是一個戲劇性的片段，例如蠢動的人面對一個鬥牛場、鹿首的標本在雜物中、健康嬰兒的紙包縐成一團、病院中床上一個假人、又或者櫥窗倒影裏的畫像、女子臉上書本做成的詭奇。他的取景、他為畫面所劃下的四條邊，顯示了他的選擇、他的視景、他的看法。他與街頭的人物談話然後拍攝他們，他走過路上，選擇對自己有意義的刹那。他仍然在做。我們就希望他做得更好，更能做到他想做的事吧。這個拍攝照片的人，還坐在我對面。他不以為自己是一個結論。我也不以為是。只要這樣，我們總可以對談的，通過攝影作品或言語或文字，提出不同的看法，想對事情知道多一點……。

所以，現在當我寫着，我也不打算作一個結論了。你問：你這次的文字，故意寫得散漫、沒有嚴密的組織、有些地方有些話又為説而説，並沒有甚麼特別意義，這樣做是有意要跟這些認真安排的戲劇性的攝影作一對照，為了用不同語氣作一對話嗎？我説，隨便你怎麼想吧。

（一九七七年，原刊《象牙塔外》）

天青劇團的《管理員》

　　五月九日，天青劇藝團在大會堂演出夏勞‧品特 (Harold Pinter)的《管理員》。這劇公演前沒有甚麼宣傳，而且，還是用廣東話來演品特的劇作！未看前我們都不敢看好，看後卻覺得這嘗試十分成功。首先，我們都曉得，品特是個十分重視言語功能的作者，這趟翻譯演出卻成功地盡量保存了這種功能。原劇中許多細節和象徵、道具的意義、言語與動作的配合，都保存了下來。

　　當然，品特這劇並不僅是技術上的成功，它還有深一層的意義。透過共處一室的一個老人與兩兄弟的關係，讓我們看到人求存的掙扎、人與人之間的礫軋、弱肉強食的可悲。麥秋飾演的雅士頓是菩薩也是白癡，對人世有愛心而卻又是這高度競爭的社會中的失敗者。他收容老人，反被這老人欺負。鍾炳霖飾演的米克是雅士頓的弟弟，表面是強者，然而卻只能活在幻想中。譚榮邦演的老人夾在這兩兄弟之間，是個不擇手段求生存的小人物，他欺善怕惡，結果卻兩面不討好，這也是他的悲劇。三個人都有他們的缺陷、他們的恐懼，互相依賴而又互相磨擦地住在一起，這也是大部份人際關係的悲劇了。

　　我們無意在這裏詳談品特這劇的意義。只是這一

趨的演出，把品特劇中的意義(當然不只一種解釋)具體化也尖銳化了。比方導演安排雅士頓和米克各自用十分緩慢和急促的語調說他們的台詞，既收節奏對比的效果，亦烘托出兩人退縮和侵略性的性格，就是對品特作品一種頗新鮮而且亦貼切的闡釋。

也因此我們特別走訪這趟負責演出的導演和三位演員，請他們各自談演出這劇的經驗。這劇的成功是全體工作人員合作的成功。我們下面的訪問不是演出前的宣傳，是演出後的回顧。他們的態度和做法相信可供其他對上演翻譯劇有興趣的朋友作一參考。

導演：黃清霞

我們談起來才曉得：黃清霞是很喜歡品特的，而且對品特很有研究，早在一九六四年，就已經導過品特的一齣《微痛》了。所以當我們問她，這趟為甚麼會選《管理員》這個劇本時，她就說：「其中一個原因，是因為自己很喜歡這劇本，而且這也可算是個挑戰！」因為別人聽說演品特，總是會說：「悶死了！」所以她就說：「讓我來導一個品特的劇給你看，如果不悶又怎樣？」

當然，最重要的一個原因，正如她所說，是因為品特這劇適合搬過來香港這社會演出。英國有些劇作家，比方阿諾‧威斯特(Arnold Wesker)等，我們都曉得他們是不錯的劇作家，但筆下寫的關於英國本土的社會、政治等問題，雖然在英國本土很受歡迎，如果搬了來香港，觀眾很難有同樣的感受，因為不是處於那

種社會背景中，就沒有那種親切感。而品特的劇本卻不同，他寫的是人與人之間最基本的關係，地域的背景不是最重要的，這些世界性和共通性的題材，在香港應該也從可以引起觀眾的共鳴。

品特的劇本中，對白是很重要的。如果由英語翻成廣東話，一定會遇到不少困難，那他們怎樣克服這種困難呢？除了保持原文的意思外，又怎樣保持原文的節奏？

黃清霞回答說：在翻譯這劇本前，她特別請譯者注意保持對白的節奏，比方原文是長句的，盡量在中文裏也保持長句。譯好以後，大家讀一遍，彼此研究，改好句子的語氣和節拍，等到決定以後，就嚴格訂定下來，不准改變了。當然，由英文譯成中文，許多相關語會失效了，但也盡量保持原文的語氣，即使不是直譯，也以中文用同樣的效果烘托出來。

品特的劇作對言語的控制是很嚴謹的。所以這趟演出，演員的聲音方面，也嚴格規定，演員要轉變每人原來的聲音，每人的聲音像一種樂器，形成一厥三重奏，而導演呢，則像是交響樂的指揮，注意每個人的快慢配合、整體合奏的效果。停頓的地方也要特別注意，品特的停頓就像音樂的休止符，演員要在心中數多少下，然後開始，就像唱歌一樣。

排戲方面，一共排了六個星期，每星期排兩三次，有時一次排了十二小時。黃清霞說：她自己是個很獨裁的導演。演員不准在排演時早走，不准擅改台詞，走位不能改變，動作亦一定要與說話配合，如果有甚麼

不對，就立即要再排一遍。「幸而」，她說：「三位演員都是十分認真的演員。」

黃清霞有一個妙喻，她說排戲就像練工夫一樣，一定要練到盡量接近完美為止。排戲之前，該先曉得想要甚麼，然後設法去做到它。法文裏的排戲這個字，就是「重複」的意思。排戲就是不斷排練到最稱心滿意的狀況。所以她強調一定要演員遷就角色，而不是由角色遷就演員。比方在這劇中，麥秋要改變他的聲線，鍾炳霖的動作要快而自然，這些都是要練習的。麥秋飾演的雅士頓是一個不敢與人接觸的人，但麥秋自己卻是個社會工作者，是關心別人，而且富有同情心的人，要他對別人漠不關心就難了。這就要從練習中逐漸改變。導演在排戲時該找最理想的方法，做到完美為止。

她說：「三個人做戲，就像一條繩子那樣串連起來，又像在打乒乓球，幾個人之間有默契，大家不准搶戲。明星制席的缺點，就是有些角色重要，有些角色不重要。德國戲劇家布萊赫特就最反對這一點，所以他創辦Berliner Ensemble，每個人都是Ensemble的一部份，大家一起密切合作。就像音樂的合奏中，鋼琴重要，提琴也重要。黃清霞認為她很贊成這種做法。在一齣戲中，每一個人，即使是負責最細微工作的人也好，亦是同樣重要的。如果覺得某個角色不重要，乾脆就把它刪去，如果劇情需要留下來，那就證明它是重要的。黃清霞又指出說：有些人排演，先由配角排一番，然後宣佈：「下星期大老倌來了！」到時大

家就以這大明星為中心，盡量配合他，這實在是很荒謬的做法。大明星當然有大明星的優點，但如果他們合作就好，不合作就糟了。所以有些人不用大明星，寧願多下一點工夫。

黃清霞目前在港大教戲劇。據她說：在香港教戲劇的一個困難，就是能看到的戲劇不多，所以在設計佈景方面、在演技方面，都沒有甚麼可供參考的模範。另一個問題就是演員難找。教好了的演員往往畢業後往外國讀書去了，結婚去了，沒有一班人一起好好地繼續幹下去。港大的戲劇班是兩年的課程，每位教師指導三四個學生，每個學生每年要導四齣戲。

關於這趟《管理員》的演出，黃清霞表示對各位演員的演出十分滿意。但對於燈光方面則不大滿意，因為與大會堂方面的工作人員不是配合得很好，不能作多種嘗試。

黃清霞在香港導演過的戲劇有下面幾部：

1964　　品特的《微痛》(*A Slight Ache*)、貝克特的《啞劇》(*Mime*)

1965　　米蒂亞(*Medea*)

1966　　布萊赫特的《四川賢婦》(*The Good Woman of Sezuan*)

1967　　奧比的《動物園的故事》(*The Zoo Story*)

1972　　杜倫墨的《故鄉重訪》(*The Visit*)

1973　　品特的《管理員》(*The Caretaker*)

演員之一：麥秋

麥秋説他最初贊成演這劇，其中有一個原因是覺得香港青年跟劇中管理員的處境，頗有相像的地方。但後來在演出期間，經導演的解釋，發現了這戲劇還有許多豐富的意義。

麥秋在劇中飾演哥哥雅士頓一角。麥秋説這角色是一個仁慈而有耐性的人物，但他的性格卻不為社會接受。比方他常常説：「我以後不和任何人交談。」這就顯示出他欲與人溝通，受了挫折後就退卻的性格。這人物就像一隻蜆，當他張大口時，會吐出美麗的泡沫，但如遇到意外，立即緊閉起來，愈是推他，就愈是閉得緊緊的。

麥秋説：雅士頓説的都是真話，他每個動作都是肯定的，比方他修理多士爐、他為老人戴維斯找來一對鞋等，顯示他關心生活上基本需要的東西，而且確是為人着想。只不過受了別人的拒斥，才會退縮的。在劇中可見雅士頓的心理變化：他在第二場結尾時的一大段獨白暴露了自己的內心後，第三場開始退縮，有點緊張；最後他爆發，憤怒了，不願意讓那老人繼續留下來，但最後仍不是很堅決的。

麥秋表示雅士頓這角色的動作設計是這樣：他兩手垂直、行路很穩定，沒有大動作。他説話時重複簡單字語以表達自己，當他受到干擾時，口腔肌肉硬化，訥訥的説不出話來。

麥秋近年參與演出的戲劇有《微痛》、《羣鬼》、《浮士德博士的悲劇》；負責導演的戲劇則有《危

樓》、《第四幕開始》、《雷雨》、《愛惡慾》等。

演員之二：鍾炳霖

鍾炳霖在劇中飾演的是米克。他說這是一個破壞性的形象。米克是貓，動作敏捷，很輕很快。說話時高時低，時快時慢。

《管理員》的演出，對鍾炳霖來說，是一趟特殊的經驗。他在排演的時候，一直覺得奇怪：為甚麼導演只向他解釋動作、語調、走位，只是要求他某句話怎樣說，甚麼時候快，甚麼時候慢，而絕口不提這個角色的內心思想呢？鍾炳霖說：他自己一向演戲的習慣是，揣摩角色的內心，然後投入角色中發揮出來。但這趟他去問導演，導演只是叫他不用想。他感到很不安。於是在第二晚演出時，就嘗試用自己的方法去演。不料他一思想，幾乎就出了亂子，合不上三個人的拍子，險些破壞了全劇的節奏，他這才悟出了這角色動作設計的意義。下一晚他再照原定的方法去演，但這一趟是自覺的，沒有先前的懷疑，演得順利多了。

談到戲劇的含義問題，鍾炳霖認為觀眾不必特別有準備才來看，用沒有成見的眼光來看可能更好。他認為這趟演出，在懸疑性和神秘性的效果上很成功，至少由台下觀眾的反應可看出來。至於他自己，他覺得演這類角色較有經驗，但他很坦白地表示，本來希望自己在演出中完全「不用上螺絲」(流暢地唸台詞)，結果只在最後一晚才做到。

鍾炳霖以前演過《微痛》、《玻璃動物園》、《雷

雨》、《危樓》、《愛惡慾》、《愛、愛、愛》等。

演員之三：譚榮邦

譚榮邦在劇中飾演老人戴維斯。他說這人物大概是五十餘歲左右，但外貌看來老一點，而且動作有點遲鈍。他覺得自己跟這角色無論在年齡和背景上都有很大的距離，所以做動作和唸台詞都磨練了很久，但仍嫌不夠粗。

如果說米克的角色是貓，那麼戴維斯的角色就是老鼠了。他總是窺伺別人，靠別人而存在。譚榮邦說他覺得這是個可憐的人物，為生存而掙扎，不斷爭取多一點、多一點，結果釀成他自己的悲劇。比方在第一場，戴維斯是不安穩的，他正在向各方摸索；到了第二場他安穩了一點，又開始爭取較多，甚至開始反對雅士頓了，最後一場他又由安穩打回原形，再陷於不安穩的境地中。

譚榮邦以前演過的戲劇有《五十萬年》、《口邊有朵花的男子》、《故鄉重訪》和《沙膽大娘》等。

譚榮邦亦是《管理員》一劇的中譯者，據他說在翻譯前花了幾星期找有關品特的資料來參考，至於全劇則於四五天內譯竣。

（一九七三年七月一日，原刊《文林》月刊）

寫實與幻想的道路
—— 青年戲劇比賽「創作劇」部份觀後

在青年戲劇比賽中，看到十個創作劇，以演出先後為序，它們是深水埗青年中心的〈試管三號〉、曙曦劇藝社的〈咒〉、黃大仙社區服務中心話劇組的〈奧郎〉、壽山中學話劇組的〈醫者父母心〉、藝臻社的〈戰曲〉、香港青年業餘話劇社的〈魔鬼使徒〉、荃灣明愛中心戲劇組的〈魅影〉、伊利沙伯青年館話劇組的〈世界末日的婚禮〉、社會服務會戲劇組的〈面具〉、恆青劇藝中心的〈等〉。

關於這趟比賽，成績已有評定，賽後亦有檢討，所以本文的目的，不在討論個別劇作的得失，而在全面地從這些劇看看香港青年戲劇創作上的一些問題，因為不管獲獎與否，這些劇反映了香港戲劇創作上的一些方向、一些可喜的收穫及一些值得細想的缺失，而這些地方，實在是較諸比賽的名次，更值得我們關心的。

我們曉得，香港青年接受的是不完美的教育，既與中國傳統隔膜，又未能吸收西方文化的精粹。社會的風氣對文學藝術不提倡亦不關懷，青年只是憑藉自己的摸索，從零零碎碎接觸到的藝術作品(電影、戲劇或書本)獲得一點啟發，然後自己摸索嘗試起來。然而即使在這樣的情況下，他們也開始了第一步。尤其近來戲劇比較盛行(由於劇團的增加、大會堂資助演出、

戲劇比賽等的推廣)，許多青年都採取戲劇作為表現自己的一種媒介，在這些作品中，我們可見到他人的一點影響，而更重要的則是它們逐漸表現了他們自己的看法。

我們試把這趟比賽的十齣劇分成三組來談。第一組我稱之為「寫實的」劇作(這分類純粹是為了討論的方便)，這包括了〈咒〉、〈奧郎〉、〈醫者父母心〉和〈面具〉，這幾個劇有一個共通點，就是針對香港的現實，而且有所批評，比如「奧郎」的主角是一個日產萬言的色情小說家，結果他的兒子因為受了這種毒害而犯罪被捕，他自己亦服安眠藥自殺；〈醫者父母心〉諷刺醫務人員的草率從事；〈面具〉指責富貴人家的偽善；而「咒」則刻劃陳腐觀念所造成的壓力。這幾個劇，都或深或淺地刻劃了我們社會上的一些現象，他們的出發點都是善意的，由此可以看見，青年們對目前種種不良的社會現象，都感到極大的不滿，所以在劇作中大力加以指責。不過，對於這類劇作，我們必須進勸一言：如果我們要更深更遠地描寫現實的面相，如果我們要指責得更加有力，更能引起他人的共鳴，那就必須注意充份有效地運用戲劇技巧。這幾個劇，〈醫者父母心〉諷刺得太表面化，有些地方顯得浮滑、鬆散而且缺乏劇力，而〈奧郎〉和〈面具〉的人物都太典型，對白說教味太重，所以都不成功。〈咒〉的題材也很簡單，不過善用戲劇技巧，所以能表現得很集中，但在人物性格描寫方面也未嘗沒有不夠深刻的毛病。寫實性的戲劇是一條可行

的路，但如果青年劇作者要走這一條路，就得注意深入觀察和體驗，然後才可以走得更遠。

　　跟着我們要談到第二組戲劇，這一組我們稱之為「想像的」或「寓意的」戲劇，包括了〈試管三號〉、〈魔鬼使徒〉和〈世界末日的婚禮〉。這些戲劇的背景不是現實的背景，人物不是現實的人物；但它們都在非現實的背景中寄托以與我們現實生活相關的意義。這一趟戲劇比賽中最可喜的兩個發現，陳錦權的〈世界末日的婚禮〉和鍾鑑明的〈試管三號〉都屬於這類，〈試管三號〉以試管製造的半人半猿的生物為主角，卻是為了刻劃人類的自私；〈世界末日的婚禮〉以世界末日前夕為背景，作者關心的卻是人類的現狀。〈世界末日的婚禮〉的劇本是這一趟比賽中寫得最好的，人物和情節都簡單，但寫得夠細膩，節奏明快、沒有冗場、細節的安排顯見用心，雖然寫的是假想的時空，但對白親切和幽默卻透露了劇作者的觀察力。〈試管三號〉則包括了幻想性劇作的優點和缺點，劇作者的想像力固然是天馬行空，但有時也不免失卻節制，作者的野心夠大，表現卻欠集中，如果能去蕪存菁，成果一定更佳。

　　這三個劇中，以〈魔鬼使徒〉較差，這寓意性戲劇失敗的原因也跟一些寫實劇的失敗原因差不多，同是沒有好好地活用戲劇技巧，以致給人「談理論」的感覺。

　　「幻想性」的戲劇亦是一條可行的路，但如果青年劇作者要走這條路，就得注意好好地把握幻想的戲

劇效果，以靈活烘托欲表達的意義，這條路才可以走得更深。

最後，剩下來的三個劇，〈戰曲〉、〈魅影〉與〈等〉我們歸之為一組，這三個劇相似的地方，就是既非此時此地的寫實，但也不是幻想，它們都可歸入某一種類型劇，如〈戰曲〉像三四十年代的戰爭劇、〈魅影〉像外國的偵探片、而〈等〉像電視的愛情劇。這一趟演出的這幾個劇，都有基本水準，但我們看來都覺得有點浪費。因為這幾個劇本，既不能像寫實劇那樣針對這時代的現實，也不能像幻想劇那樣用假借的方式來表達不同時地共通的思想與感受。這幾個劇本的毛病，在未能擺脫前人戲劇創作的格式。〈魅影〉演得再好，也不過是摹做一部意大利式的懸疑片(如果說這是描述人性那是說不過去的)，有甚麼價值呢？〈戰曲〉或受三、四○年代劇作影響，也是這三劇中較好的一個，但三、四○年代的東西，並不一定適合表達我們現在的現實。至於〈等〉，大概是受以前浸會的〈等待〉一劇影響，但原劇傷感幼稚，現在取法乎下，怎能有好的成績呢？寫年輕人的愛情，題材多的是，何必寫甚麼絕症之類的東西？我們的劇作者，還是從事此時此地的創新好，不管用不用寫實的手法。

這趟比賽的許多劇作，我們都可見它們受過去在香港上演過的戲劇或電影的影響，如〈魔鬼使徒〉可能受《浮士德》影響，〈世界末日的婚禮〉也許從《那時候》獲得啟發，至於〈試管三號〉，劇作者鍾

鑑明亦説是得《浩劫餘生》的啟發，人物造型上可能還向《管理員》借鏡，至於〈等〉等所受的影響，上面已提過了。由此我們可以看到，他們所受的影響是十分複雜的，對於這些影響，有些是完全摹仿，有些是由一個念頭引起靈感，這帶來或好或壞的影響，端看個人吸收和消化的能力。以前有人認為翻譯劇沒意義，但從這些創作看來顯然翻譯劇(如《那時候》、《管理員》)也可以帶來好的影響，創作劇，如果是差的(如《等待》)，也可以帶來壞的影響。有意從事戲劇創作，不妨廣泛吸收，然後才確定自己的路。

在香港這戲劇演藝還算貧匱的地方，面對種種良莠不齊的龐雜影響，如何知所分辨、確立自我，確然是一個大大的難題。從這戲劇比賽所見，許多青年有熱情從事戲劇工作，但可能找不到適當的劇本，不曉得用適當的演出技巧，缺乏演出經驗，沒有導師的指導，沒有人指出優劣何在，他們就像香港其他的青年藝術工作者一樣，需要更多的關心和批評。戲劇創作的道路是闊廣的，寫實也好、象徵也好、詩劇也好、史劇也好，只要走得夠深夠遠，自有表現。題材是廣泛的，可以寫個人、也可以寫學校、社會，可以寫愛情，也可以寫戰爭、寫歷史。目前既然還是摸索的階段，我們與其高喊甚麼口號，呼籲甚麼復古，還不如關懷目前創作的點滴成果，檢討它們的得失，從現在出發。

(一九七四年一月，原刊《文林》月刊)

人生採訪

自娛的創作與評論
——劉以鬯訪問記

最先打電話給劉先生，為《大拇指》安排一個訪問的時候，他說：「不要訪問吧，大家聊聊天好了。」到了大家在「畫廊」的沙發上坐下來，只好放棄了「攝影機／錄音機」式的訪問，隨便聊天了。與劉先生談天，是很有趣味的，這大概是因為他的確具有小說家對一切事物的廣泛興趣，又有生動的方法把它敘述出來。有時在報館或宴會上遇見他，聽他敘述一件小事——比如談到一個字的讀音或是五四時代某位作家的一段軼事——即使平凡的一件事，由於他敏感的觀察和幽默，也變成一件生動的趣事了。這次在「畫廊」的談話，由於說明訪問在先，好似有了局限。但我想做這訪問的一個原因，是在七〇年代我們對香港作者即使是劉先生的訪談仍不多，劉以鬯先生嚴肅的短篇仍未結集，所以想訪問及整理他在文學上的嘗試。牽涉的內容頗廣泛，回來後想憑記憶記錄成文，但總是覺得這樣寫不夠全面，對了解一個作者還不夠公允。拖了又拖，最後終於把稿趕出來了。不完全是印象記，不完全是訪問，是兩者的混合吧。

六〇年代香港的讀書界，許多人都讀過《酒徒》這本小說，這被人譽為「中國第一本意識流小說」的作品，引起不少討論，又帶來影響。想到要訪問《酒徒》的作者，我自然預備了一些關於小說技巧的問

題，關於作者「甚麼時候開始創作小說」之類的問題，一本正經地問起來了。

不料劉先生搖搖頭說：「我只是一個流行小說作者罷了。」聽了這話，我們始之以驚愕，繼之以深思。他的意思很明顯：為了生活，這些年來寫了不少流行小說。他對這並不引以為榮，但也毫不掩飾，他這樣說，或許是表示，並不要爭取甚麼文學的虛名吧。我們承認他寫了很多流行小說，但同時，他也曾寫過不少認真的作品呀。除了《酒徒》以外，還有同是刊於《星島晚報》的《寺內》，短篇如刊於《文藝新潮》的〈黑白蝴蝶〉，刊於《知識份子》的〈動亂〉，刊於《海光文藝》的〈饑餓〉，刊於《筆端》的〈鏈〉，刊於《幸福家庭》的〈吵架〉，刊於《明報月刊》的〈除夕〉，刊於《四季》的〈對倒〉等，都是用心之作，即使同是在報章連載的作品，《明報晚報》以前的《陶瓷》、《郵票》等，也是較認真的作品，與流行小說不同。他在《酒徒》的序中說：「這些年來，為了生活，我一直在『娛樂別人』；如今也想『娛樂自己』了。」我們不過是想跟他談談這些「娛樂自己」的小說吧了。

但他表示，不會再寫這種小說了。

那麼，他要「娛樂自己」的時候，寫甚麼呢？

答案是寫評論。他近年來發表了一些談新文學的文章，如在《四季》上論穆時英、在《文林》談豐子愷、在《明報月刊》談許欽文、端木蕻良，在《明報》、《星島日報》上寫過陸晶清、王平陵、姚

雪垠、葉靈鳳、老向等人的作品，因為他自己經歷過那個時代，而且寫文章的態度嚴謹，評論時又有自己的看法，所以這些文章發表以來，得到不少圈內人的讚賞。他對端木蕻良的評論，尤見精闢。《大拇指》三十三期辦端木蕻良專輯時，特別邀請他寫了一篇專論呢。

說到對三、四〇年代文學的評論，他的興趣似乎比對談小說還來得濃厚。他說，他看到許多談新文學的作品，其中往往有因立場的偏袒、或是資料的殘缺，造成錯漏。他又說：現在有許多外國學者也來研究中國的新文學，這本來是好事，但是因為他們或是不懂中文、或是不知道當時文學界的情況，所以往往鬧了笑話；他們有些只是集中討論幾個著名的作者，有些只是討論那些有英譯的作品。這自然有欠周全。他說自己看出這些評論的缺漏，自然就盡自己所知，提出補充。這麼一來，就開始寫起這些評論來，計劃中還有許多篇，打算一直寫下去。

三四〇年代開始，就在國內開始寫作，並且先後從事報刊編輯工作，辦過出版社的劉先生，由他來說喜愛和認識的作者，自然資料更見真實，因為曉得當時文學界的情況，了解作者身受的影響和所寫的對象，立論也會更公允。他在上海讀大學時，已開始在柯靈編的《文匯報》副刊〈世紀風〉上投稿，抗日戰爭時他在重慶編《國民公報》與《掃蕩報》的副刊，他戰後在上海創辦「懷正文化社」，出版了熊佛西的《鐵花》，施蟄存的《待旦錄》、戴望舒譯波特萊爾

的《惡之華掇英》、李健吾的《好事近》、趙景深的《西洋文學近貌》、徐訏的《風蕭蕭》、李輝英的《霧都》，還有姚雪垠的《雪垠創作集》等。他喜歡姚雪垠的作品，簽約出書後，特別招待姚雪垠在出版社的樓上居住，讓他安心寫作。

他與姚雪垠還計劃創辦《小說雜誌》，後來戰火四起，這計劃流產了。籌集了的一部份稿件，他帶來香港，例如孫伏園的《魯迅先生的小說》、戴望舒譯〈英國小說中的旅行〉、蔣牧良的小說等。他於一九五一年進《星島日報》編《星島週報》時，將孫伏園的〈魯迅先生的小說〉發表在《星週》上，但是沒有引起甚麼反應。

一九五一年應新加坡《益世報》之聘，擔任該報主筆。在南洋居住五年，回港後仍在報館工作。在五九、六〇年間，他在《時報》主編的「淺水灣」，是一個很有份量的副刊。我們今日在圖書館翻閱過去的「淺水灣」，可以看到它的確譯介了許多當時的西洋文學和美術，而且鼓勵短篇小說和新詩創作，版面沒有固定，每日變化，配以王無邪漂亮的插圖。這樣文藝性的副刊，即使在十多年後的今日，仍然是罕見的。他又從《快報》創辦開始，就負責編輯副刊，直至如今。他只是簡單撮要地敘述自己的過去(詳情是我們加上去的)然後就笑道：『好了，我的一生就是這樣平凡的了！』然而我們從其中自然可以看到，他如果不是真正喜歡文學，自然不會執着地做了這許多事情，而他的貢獻和影響，即使一時數不清楚，將來

也自會有人回顧。而我覺得最難得的一點，則是儘管現在他說不再寫小說，但對其他人的創作，不但不排斥，而且給予鼓勵。在前輩之中，甚至跟許多青年比較起來，他始終是最能欣賞創新的一個人。

在這次訪問中，我最高興聽到的一句話，是在談小說創作時，他說到現在為止，仍然認為「《酒徒》的路沒錯」。對於《酒徒》的批評，可能有許多不同的意見；但《酒徒》的路，即是創新的路，是對現有的沉滯與僵化感到不滿而有所反叛的路，在技巧和內涵都是如此，這是我們可以肯定的。《酒徒》的技巧可能只是一個嘗試，在後來的一些短篇中，這技巧與內容的結合，才顯得更圓滿。但《酒徒》在內涵上，自然流露了此時此地知識份子的困惑；還有一點，《酒徒》中顯露的文學見識，雖然是細節，亦不可忽略，那也是作者今日所寫新文學評論的先聲。

他引用沈從文和朱光潛的話，認為文學的藝術性是重要的，不能僅為適合某一階層而寫。他又引用福克納獲諾貝爾獎的演辭說：「好的文學，該是寫人的內心衝突的。」他嚴肅的小說作品，亦正是有志於此。我們說《酒徒》流露知識份子的困惑，這亦包括了嚴肅文學無法立足的香港的知識份子的憤慨或是妥協。不管在作品裏，或是在訪問中，他都坦白說出這種矛盾。他認為自己以後也不會寫嚴肅創作了。他對新文學的評論，固然可以使許多文學愛好者得益，但愛看小說的讀者，自然仍不免惋惜：他真的不再創作小說了？《酒徒》中提到的那個百萬字的長篇，不會

寫下去了？也許他終有一日會改變主意？也許。但答
案只有他自己知道。他選擇自己的道路，我們只有期
待，以及整理他到目前為止的工作成果，讓更多人知
道。

(一九七七年三月，原刊《大拇指》)

附記：文首提到劉以鬯嚴肅的短篇小說終在一九七七
　　　年底以《寺內》為名在台灣幼獅文化事業公司
　　　出版。

宋存壽訪問
一個電影工作者的困難和限制

　　我想選擇一位導演來做訪問，談談當前港台電影的現況，看它有甚麼發展？有甚麼困難？市場的需求和條件的限制對拍好電影又有甚麼妨礙？宋存壽實在是一位最好的訪問對象，這是因為他既拍過《破曉時分》、《母親三十歲》等為人交口稱讚的好電影，也為生活拍過不少商業片，他在港台的電影圈工作多年，對實際的困難十分了解。另一方面，宋存壽溫厚樸實，是電影圈裏有名的大好人，對我們的問題知無不言，他沒有規避或誇張，只是坐在那裏，思考一個最貼近實情的答案，坦白回答我們，讓我們這些外行人，了解一下電影圈的實況。

　　我們知道，宋存壽原是唸新聞的，畢業後在印刷廠工作。最先進入電影圈是寫劇本，進了邵氏公司當編劇，做了一年，發覺自己對實際工作情況的知識不夠，毅然辭了編劇，當場務從頭學起。這種踏實的學習態度，對他後來的工作一定有不少幫助，所以我們就問宋存壽，現在有許多年輕人想進入電影圈工作，他贊成他們從那裏入手，是不是也應該這樣從頭學起呢？

　　他說：「我最先編劇，對電影的工作情形不了解，技巧也不熟，寫劇本好像是憑空似的，所以就轉由場務做起──因為場務最易學東西。進入電影圈由實際

工作做起是好的，因為我們國語片限制很大，市場小，要做過才了解實際的困難。如果光是從外國唸電影回來，也許就不了解國語片的要求。儘管想拍些高水準的電影，但一般觀眾不易接受。我們這種做法，好像是學師那樣，可以打好基礎。如果一個人從外國學電影回來，他最好先了解本地電影圈的情況，不然人家就會覺得他光是唱高調。當然，我們這種學師的做法也有缺點，雖比較懂得應付實際問題，但可能眼光較窄，對作品好壞沒有判別得那麼清楚。」

我們跟着就問：「你剛才提到國語片的限制，可否請你談談這些限制對你的影響？因為你最好的片子《母親三十歲》，據說是在最少限制的情況下拍成的。這些限制對影片的素質一定有影響吧？」

「《母親三十歲》是我替李行的大眾公司拍的，他們都很忙，又大家都是導演，沒有怎樣干涉，隨便我怎樣拍都行。換了外面的老闆就不行了，他們一定要設法省錢。比如明明有一個場面是四十人的，他們會說：『二十人夠了吧？』這就是想省錢。」

「除了經濟上的限制，還有題材上的限制吧？」

「是的。比如現在流行喜劇，我替電影公司老闆拍片，他們就會要改劇本，加入喜劇的成份。不是說喜劇不好，只是這種風格不適合我，但電影當然要賺錢，不然就沒法生存了。」

「如果公司要你拍一部你不想拍的電影，拍起來會不會很辛苦？」問了這句話，大家都禁不住笑起來。

「也不是，總之拍起來很勉強就是了。」

「現在你是不是規定每年要為電影公司拍多少部戲？」

「不是，是以部頭計的。若合作愉快，便繼續合作。」

「劇本是公司給的嗎？」

「有時是他們給，有時是我自己找的。現在的公司不錯，老闆也不錯啦。只是有時因為觀眾喜歡笑，就要加笑料進去。我不反對在不影響主題的範圍內加入笑料，但因為加入笑料而改變了主題就不大好了。」

我們繼續問：「如果題材限制大，是不是拍出來沒有那麼滿意呢？」

「是自己沒有那麼滿意，比如加笑料啦⋯⋯又比如我拍戲本是不大喜歡演員化粧太濃的，但現在都要化粧了。又比如找來的演員，不一定適合拍那類題材的戲。」

「是了，你的戲是不是多喜歡用新演員？」

「是，不過，新演員也得看他會不會演戲，領悟力夠不夠，不是新演員就一定好。」

「你為甚麼喜歡用新演員？」

「新演員的好處是：沒有那麼多——壞習慣。」

「是遲到一兩小時那些大牌作風？」

「這只是大明星。另外有些演員演戲太多，自己養成了許多毛病而不知，很難改，新演員比較易改。」

「你的作品《窗外》拍林青霞時是她第一次演戲？」

「是，所以她很清新。有些老牌明星演技是很好，但也有一些是找戲來做。新人的不好之處是你叫他演甚麼，他就匆匆忙忙的給你演過去了，不會發揮下去。」

「佈景方面，你也喜歡用樸素一點的景，或者實景？」

「看劇情需要啦，需要豪華就豪華，需要樸實就樸實，但現在的觀眾都喜歡豪華。我當然也喜歡豪華(眾笑)，但也要看劇情需要。我的《窗外》和《母親三十歲》拍出來，買片的老闆就嫌景不夠漂亮，服裝不夠漂亮。」

「你自己喜歡的電影，賣錢嗎？」

「不。我比較喜歡的《破曉時分》和《母親三十歲》，都是不賣錢的。《母親三十歲》就賠本了。」

「你有自己製片嗎？」

「《窗外》和《女記者》就是自己製片的，都賠本。」

「自己製片是不是限制比較少？」

「是限制少很多，有時沒辦法，自己錢不夠。比如《女記者》，拍起來就發覺很多問題，有些場面很難拍。比如拍外國總統來台灣，需要儀仗隊，又住在豪華酒店，這都難借景。拍的時候發覺許多問題，結果馬馬虎虎解決過去，拍得不好。」

「有沒有那部電影是想拍好，但卻因為經濟或老

闊的限制——比如改劇本啦——而拍壞了的？」

　　我們這問題其實問得比較空泛，但宋存壽卻回答得相當中肯：「其實沒有那部戲是在拍之前有把握一定拍得好的。有時你很努力去拍，拍出來的成績普普通通，但有時你拍的時候靈機一動，加入了一點甚麼，出來的效果卻相當好。很難講，也不是說有了甚麼限制就一定怎樣壞，只是你心裏有點不舒服，拍出來有點勉強。」

　　「你拍片所受的限制，其實也是所有國語片導演普遍會遇到的問題，是不是？」

　　「是呀，即使是李翰祥，他拍片也有限制。比如他拍《紅樓夢》，要用甚麼佈景，公司也會跟他說，你省一點吧。比如要用甚麼朝代的花瓶，公司也許說：『你用個新一點的花瓶好了。』」

　　「現在香港的電影素質普遍都不好？你想是甚麼妨礙進步，是由於這些限制還是甚麼？」

　　「也不是，我想，現在大家最主要好像都是在想怎樣賺錢，主要的問題，是市場的問題。香港是小地方，在日本，好像還可以拍一些好的電影，因為市場較大。但香港，加上台灣、星馬，甚至美國方面，電影市場不過是三四千萬人口，日本的市場比香港大三四倍。」

　　「現在如果在香港拍片，理想的電影恐怕是能拍到雅俗共賞的吧？」

　　「是的，也不要太高，比如日本片《家族》那樣，就是很能夠雅俗共賞的了。」

「但香港目前雅俗共賞的電影似乎也沒有，為甚麼？」

「我想是……現在的人都很忙，沒有怎樣動腦筋，看一些笑片就夠，不要甚麼思想。」

「你覺得目前香港電影主流，是否都是笑片和武俠片？」

「是的，還有，就是黃色電影。」

說到目前香港電影跟隨潮流拍商業片，宋存壽指出一個實際因素：「拍一部片不同畫一張畫或寫一篇小說，它牽涉到大量金錢的投資，所以老闆會擔心這錢能否收回來。電影作為商品的成份是很重的。有些電影公司，拍過好片，但賠了錢，自然不敢再試了。……拍電影，也有點像賭博，不過贏錢的機會較少就是了。」

「現在一般拍一部電影，要多少資金？」

「大公司拍要六七十萬港幣左右，私人公司省點，大概五十萬。自己拍也省不到哪裏去了，講點交情，拍得快一點。」

「通常拍一部電影要多久？」

「一般來說是兩三個月。現在這部《第二道彩虹》則因為改劇本，拍了半年。」

「怎樣改？」

「原來是文藝片，現在要改成喜劇。」

「這對電影會不會有影響？」

「有影響的。」

「你自己最喜歡拍的是不是文藝片？」

「也不一定是文藝片，如果有好的偵探片我也想拍的。只是武俠片就不在行。我拍過一部《鐵娘子》，成績不好，武打場面一來，就沒辦法了。」(眾笑)

後來談到想拍而沒拍的題材，我們很高興發覺，宋存壽原來想過要拍黃春明的〈看海的日子〉，他認為他寫得很好，但在台灣，要拍妓女的題材不容易，在香港，又好像跟現實距離太遠，結果沒開拍，真是可惜！

他又想過，要拍朱西寧的《狼》，他想過了，最好到韓國去拍，那種草兒微黃，寥廓開闊的秋野的氣氛，已經在他腦中構想好，由他口中說出來，教我們為之動容。可以用一頭狗來扮狼……他甚麼都想好了。曾經有一位外國人想跟他合作，等看了英譯的劇本，卻又改變主意。要拍《浮生六記》，宋存壽覺得這題材不適合自己，結果沒有拍。想自己拍，但賣埠的片商知道內容，都不感興趣。沒有人支持，這計劃只好擱下了。一部電影開拍以前，往往需要跟賣埠的片商洽商，如果沒有這些經濟上的保障，就很危險了。

說到底，電影仍然被市場操縱，顯然一時難有起色。我們不禁有點喪氣，宋存壽很坦白告訴我們，實況就是如此，現在並沒有比過去進步，相反，是退步才對。遷就觀眾口味的電影愈來愈多，嚴肅的製作愈來愈少。

我們想了想，便問：「在目前這情況下，最理

想當然是拍出雅俗共賞的電影了，但這理想不易達到。照你近來看過的電影中，那部是比較接近這理想呢？」

他沉吟了好一會，說：「這，真難說……」

我們說：「那麼，你比較喜歡的有哪幾部呢？」

他想了一會，提出了幾部電影：「《跳灰》很好，拍得很真實，這是國語片過去所無的。龍剛的《應召女郎》也不錯。至於《半斤八兩》那些俚語的對白，我自己就沒法做到了。」

說到他的演員，他讚恬妞用功，說林青霞有演戲的細胞。至於陳秋霞，很自然，她可能有時不能刻意演出一個角色，他就用鏡頭補足她。她唱歌很好，人也自然，最近剛得了金馬獎。

說到合作過的演員，他自然是推崇舊人如柯俊雄、楊群、胡燕妮、李湘、歸亞蕾等。他說他們有職業道德，演戲認真，這是新人有時及不上的。

我們問他：「電影圈有甚麼不好的風氣，是比過去嚴重的？」

「除了藝員的私生活，也沒有甚麼。」

「工作人員的責任感是否差了？」

「責任感也是差了，而且往往是：我做我的，不顧別人的部份。這跟薪酬相距太遠也有關係，比如大明星薪金幾十萬，工作人員可能只有幾百塊，他們心裏會不愉快的。」

說到有甚麼好的青年導演的時候，宋存壽很謙虛的說：「我們這一輩，多數是學師出身的。但現在

也有了許多青年導演從外國回來，他們的眼界會比較廣，缺點則是或許還不太了解國語片的實際情況。」

　　而電影工作者，當然得了解現實的限制，然後才在其中盡力而為。在目前的國語片的導演中，廿二年拍了十七部片的宋存壽，無疑是其中默默耕耘的一位。他不誇張自己的成績，也不過份強調自己的挫折，他的人就像他的話一樣：老實、坦率，跟他談過一遍，你會進一步了解港台電影製作的現況，從他瑣碎的舉例中，你逐漸看清楚現實的情形，現況並不樂觀，但宋存壽也不悲觀，他為生活工作，他也不見得完全放棄拍好電影的期望。香港電影的水準很難會在短期內提高，但我們衷心希望，宋存壽有一天可以把他想拍的電影如《狼》等拍出來。有這樣的人在，國語片或許還不致完全沒有希望吧。

宋存壽作品

1966	天之嬌女
1967	破曉時分
1969	鐵娘子
1971	庭院深深
1972	輕煙、義膽、夜半怪談(鬼吹風)
1973	心蘭的故事、母親三十歲
1973	窗外、早熟、晨星
1974	古鏡幽魂、女記者
1975	水雲
1976	秋霞
1977	第二道彩虹

(一九七七年，原刊《象牙塔外》)

與格拉斯遊新界

一　手

　　當格拉斯(Günter Grass)從人叢中走過來，他看來跟任何一個普通人沒有兩樣。他穿一件深褐色的燈芯絨上衣，個子壯碩而不高大，上唇留着髭髭。是的，當我們看一個人，不是往往最先留意他的面貌和衣着？而這些東西，又卻告訴了我們那麼少。然後他伸出手來，他的握手堅定有力。那是一雙石匠和雕刻家的手，那也是寫出了六本小說和其他詩及戲劇作品的手。他的手並不過份柔軟、並不冒汗或退縮，他的手也不過份強硬、粗暴或侵略性。在路上，他的手用來捲煙，從膠袋中取出煙絲捲成紙煙，他吸了一根又一根，這是他的手藝。當他談話時，他的手用來具體顯示他所說的事物的大小和形狀。他的手沒有閑置，他的手沒有緊握拳頭舉起呼喊口號。他喜歡手造的事物，他希望看見農夫和工人，那些用手工作的人，跟他們談話。他買了一個籐篋。他不喜歡機器，他說自己不會駕車，不懂操作一具攝影機(他太太負責拍照)。他說沒興趣拍電影，因為機器太麻煩了。他說自己是個老派的人，只是寫小説。他的手用以創作和煮食。去年他剛寫完一本七百頁的小説。去年他五十歲

生日時，煮了一頓供幾十人吃的大餐。他臨走那天，我剛好碰見他，他帶着一根木頭，說是帶回去給他女兒雕刻。他女兒喜歡木雕，他說：「她喜歡用手造東西，就像父親一樣。」說着，他張開兩手。他一定是以徒手創造事物為榮的人。

二　食物

我們走過沙田的街市，他對沿街擺賣的東西，那些蔬菜和食物，感到興趣。他真的喜歡走在這些早晨買菜的人們之間，他想知道這些人住在哪兒。那些綠色和棕色的醃菜、鮮紅色的魚肉、灰色的鵪鶉，他自然地在其中走過，不是漠不關心，也不是遊客的過份好奇。偶然他在那些巨大的灰螺前停下來，有時他想知道那正在游泳的是鹹水魚還是淡水魚，他說自己也常吃某種蔬菜。一個熟悉和喜愛市場的人！這給予我一種親切的感覺。在走回來的路上，他告訴我說他喜歡市場，因為那兒是食物的總匯，一個社會裏人們的生活，具體表現在人們所吃的東西上面。他說在他的新小說《比目魚》裏，就是以食物的沿革，寫出整個歐洲歷史的演進。他認為歷史上馬鈴薯之發現，較諸普魯士佛特力大帝的功績還要重要得多，如果沒有馬鈴薯，工業革命和平民階級的興起根本就不可能。《比目魚》開始於石器時代直至現在，把神話與詩、政治與抒情混合在一起，經由一尾年老智慧的比目魚，表達出來。《比目魚》共有九章，每一章獻給一位廚師。他喜歡寫食物，一方面因為他自己喜歡吃，

另一方面，則是他認為食物是最根本的東西，最能反映人們根本的生活狀態，人們習慣吃甚麼和不吃甚麼，反映了社會、政治和宗教的影響。

我問他可有甚麼不吃的？他想了想，說沒有甚麼不吃。我想他正該是個沒有甚麼不吃的人。當然，他笑着補充一句：剛才看見的那些千年蛋(皮蛋)我還未試過，不敢肯定。我向他保證它們並非放了千年，而且確是可口，尤其與酸薑同食。在粉嶺的時候，我們看見路旁售賣的鹵水雞腳，一個同行的外國人說他最害怕這些東西，我說並沒有甚麼可怕，格拉斯聳聳肩說：「為甚麼不可以吃呢？」對，為甚麼不可以吃呢？格拉斯咀嚼一切，他的洋洋巨著裏，嚐遍甜酸苦辣，打破一切政治和性愛的禁忌，表達人生經驗的全體。

吃飯的時候，我們坐在深井小店露天的枱旁，在工人們之間，格拉斯看來悠然自得。他成功地運用筷子，夾了一塊燒鴨。他認為它們十分美味。他說他可以煮美味的菜，他拿手的菜是蒜茸羊腿、牛肚、扁豆、馬鈴薯湯、魚湯……。他說到近月與他的譯者開會，討論翻譯他新著的疑難，一連幾個星期，到了最後那一次，他自己下廚，煮了一頓美味的食物給譯者吃，因為開會那兒的伙食太糟了！而且，他說，要他們譯這麼一本老寫食物的書，光是譯沒得吃，太不公平呀。他是一個會想到別人的腸胃的人。他對一些政治教條存疑是因為它們引不起他的胃口。他不相信口頭上的宣傳，要用自己的舌頭分辨味道。他在羅馬尼亞旅行時，去到一所飯店

中，那兒本有許多平民在吃飯，但因為官方款待他們，把人都趕走了，又額外鋪上桌布。這反而教他食不下咽。進食這樣簡單平常的事，不又正如他所說，見出了許多問題？

三　孩子

　　格拉斯喜歡孩子。在粉嶺，我們在樹間前行，他太太與旁邊一隊小學生招呼微笑。在我沒遇到他以前，從書本的印象所得，他是一位尖銳的社會批評家。他的作品充滿嘲諷。但格拉斯本人，卻善良而且為人着想。他一方面好像並不固執，隨便到那裏逛逛都可以，因為他的興趣實在是這麼廣泛，看甚麼都可以接受；但另一方面，一旦決定了甚麼，他其實又十分堅持。比如在港時他堅持拒絕了一些他認為沒有意義的邀請。他對那些老朽而迂腐的事物充滿批評，但對新生的事物則充滿善意。他談社會民主黨的政見，他說對政治的看法，另一方面他又順從他太太敏感的指頭，望向路旁一株紅棉末梢的顏色，或者沙田附近半山墳上一環紫花。他喜歡生長的東西。在粉嶺的時候，我們站在一所學校外面，看孩子們嬉戲。那裏原是一所廟宇，現在改成學堂，裏面的教師善意地與我們招呼，我們便走進去看看了。在廟裏面，佛像仍在那裏，但在祭壇的前面，現在放了一張乒乓球桌，孩子們正在打球。兩翼的地方，闢為課室，傳來孩子們的聲音。在頭上，鳥兒飛來飛去，而在當中，昔日人們焚香拜佛的地方，現在兩個白衣的小孩，正在

興高采烈的把球搓來搓去，暗金色的佛像在後面默默看着，有了這麼熱鬧的孩子們，祂一定不再寂寞了。我們站在那兒，看着這奇異的混合。格拉斯笑得很開心，他説：「佛一定從來未試過像現在這樣有這麼多樂趣。」在外面，白衣藍褲的男孩在踢球，女孩在踢毽，滿地陽光，格拉斯開心地在他們之間緩緩走過。

他與前妻安娜有五個兒女，現在這妻子原有自己的兒女，都住在一起，他説喜歡大家庭，熱熱鬧鬧。他上一本小説《蝸牛的日記》寫來就是回答孩子提出的問題，解釋自己的政治信念、為甚麼在一九六九年協助社會民主黨競選、在助選的過程中又見到甚麼。那語氣是一種溫和幽默的語氣，好像父親跟四個兒女談話──不是絕對權威，相反，是提出懷疑。這書中一個虛構人物，就是叫做「懷疑」。他説最喜歡的花朵，就是淡灰色的懷疑主義。他顯然不以為自己是權威，也無意叫孩子們走他的路。他告訴我説，他的大兒子二十歲，最近才第一次看他的小説(因為他的女朋友整天在説)，看完以後，覺得很奇怪：「怎麼，爸爸，你的小説倒寫得不壞呀！」

他再對上一本小説《局部麻醉》直接寫兩代的衝突關係，以現代柏林為背景，寫一個激進學生想燒死自己的愛犬以抗議越戰；而他的一個老師，一直覺得這是自己最有才華的學生，希望勸服他用溫和的改進代替激烈的革命。兩代看法的不同，也是格拉斯自己面臨的問題。《局部麻醉》出版後，許多原來擁護他的青年批評他，極左派更攻擊他。格拉斯説：「他們

要求的是神、是英雄，我寫的是人。」也許因為他們要求教條的答案，而他則提出疑問吧。孩子們的可愛是他們的生機，還未僵化的能力。所以格拉斯在《蝸牛的日記》裏向他的孩子們說：「我不相信那些宣稱為了人類的利益而要把香蕉拗直的人。」

四　緩慢

他喜歡的都是一些樸實基本的東西，例如燈芯絨(褐色上衣、深綠色褲子)、籐器(「我一直想買一個這樣的篋！你說它可以盛得起重物嗎？」)、木、煙草、扁豆、魚⋯⋯不是浪費而奢侈的，亦不粗陋。平凡，但有口味。格拉斯樣子樸實，像一個農夫或者石匠(事實上，早年他當過石匠)，他並不特別敏感。有時他低下頭，正在那兒捲煙，好像沒有留意別人說話，過了一會，經過另一處，他會說：「這就是那個把沙田弄得那麼糟糕的賽馬會？」你發覺原來他也聽到別人偶然說的話。他並不特別表示他在觀察，但他有觀察力，他不在口頭上表示討好，但他對人有溫和而長遠的善意。

他一定是喜歡慢慢踱步，欣賞事物，緩緩咀嚼。所以他在書中讚美蝸牛，因為蝸牛向前進步，但不急於抵達固定地點。有前進又有後退，因為有懷疑，所以不自以為是。他會喜歡灰色，比目魚是灰色的，懷疑是灰色的。在過去，他懷疑納粹的獨裁，在今日，他又懷疑極左派的教條。他相信改革和進步，但不相信一步登天。所以他像一尾比目魚，貼着海底緩緩前

進。他書中的比目魚，由古代游到今日，把牠的見識告訴世人，不管那捕到牠的，是石器時代的漁夫，抑或柏林的婦解份子。

他一定是相當緩慢地工作。他第一本小說《錫鼓》寫了五年。當時他在巴黎，做散工維持生活，收入很少（「有時回德國在人家這裏那裏的團體裏誦詩賺錢，好像遊俠一樣！」）但他繼續寫了五年。當時他有些朋友，也愛好文藝，決定先進政府部門工作，賺夠了錢，再來寫小說。結果，格拉斯說，他們今日（二十年後）還在那兒，收入越來越多，還在談那本沒有寫的小說。（而沒有寫的小說總是最好的！）格拉斯不談，他寫。他不走捷徑，他一步一步走。他是寓言故事「龜兔賽跑」裏的烏龜，一步一步走到他想去的地方。他最新的小說《比目魚》也寫了五年。他說：「你知道嗎？我覺得長篇小說最困難的地方是如何尋找一個開放的形式，因為寫了幾年下來，小說的想法會逐漸改變。」他贊成修改，最近有個德國導演要拍《錫鼓》，他說如果由他來編劇，他多半會全部重改一遍。

寫小說是大工程，雕刻也是。所以他在寫小說時不雕刻，畫畫倒是有的。他緩緩工作，修改，迂迴前進。他不輕巧，他是沉重的（書本和體重都一樣）。他不跳躍，他踏步。他貼近地面，像蝸牛和比目魚，感覺周圍的事情，與草蜢發生感情，向石頭提出抗議。他相信緩緩前進，感受一切。有些事情在匆忙中就遺漏了。他在書本中勸告我們，不要像貓兒一般匆匆做愛。

五　香港

　　汽車在新界的路上，駛上大帽山，駛下荃灣，向青山駛去。窗外是熟悉的風景，我曾在附近教書，有朋友住在不遠，我來過這裏散步和游泳。但要向一個外國人談到香港往往是困難的，我喜愛香港許多地方和人物，但也有許多事情並非我們願意看見它們變成那樣子。我們很難像其他國家的人那樣驕傲地介紹自己的名勝。另一方面也不能置身事外冷嘲熱諷。香港的處境如此微妙，一個偶然經過的外國人可以了解嗎？我懷疑。所以每次有遊客說香港美麗，我懷疑他們是否只是客氣；有人說香港可怕，我又不知道他們真能了解多少。經過文化的隔膜，語言的誤會，我們可以向一個外國人解釋這類複雜的心理嗎？往往我們寧願沉默了。

　　但格拉斯不是一個普通的外國人，他是能了解事物的作者。一見面，他就告訴我香港有點像他的故鄉丹錫。丹錫在歷史上曾是波蘭和普魯士的屬地，後來開放為自由市，到了一九三九年，才劃入德國版圖。但戰後一九四五年開始則重歸波蘭，直至如今。所以在丹錫長大的格拉斯，絕對了解香港的處境。你看，他不是隨口稱讚香港美麗，不是像一些遊客那樣一邊挑剔一邊掩鼻走過，他在人群間行走，觀看，而他像在小說中所作的那樣：尋覓歷史的源頭，作為今日的參考，從並列比較中得出解釋。對他不熟悉的事物，他以對熟悉事物的理解去嘗試了解它。在鹿頸和沙頭角附近，我們遙望田畝和農舍，說到現在新界許

多年輕人都離鄉到城市或外國去，只留下年老一代。他說：「但這在德國也是一樣呀！」翌日在「作家與社會責任」的座談會上，當有人說到香港作者面臨的困難和阻礙時，他又會嘗試說出自己所認識的人的經驗，表示這些現象並不孤立，是到處都會存在的，是值得正視的問題。

在未遇見格拉斯以前，我印象中他是個尖銳而又對社會現象加以嚴厲批評的作者，相信他想要多一點了解香港，所以我連夜翻查資料，借了友人的手冊，又再背誦一些統計數字。直至遇見格拉斯，我才發覺他沒有一次問起任何統計數字。然後我忽然明白了，他是那種關心人多於關心數字、相信自己的觀察多於相信宣傳資料的人。他會問人的感覺、意見、自己去接觸、思考，然後再想自己的結論。有些人遇見一個工人，就問：「他每個月收入多少？租金多少？他有沒有加入工會？有多少兒女？」然後就可以大做文章了。格拉斯看見店子裏的人在擔子兩端挑着沉重的光鴨走過，他說：唔，這真是蠻重的，大概有多重多重吧。他只是觀看，嘗試了解，憑自己的肩膀感覺別人肩膀上的重量。許多時他甚至不急於下結論。他不以為他在這麼短的時間內就了解香港，他希望有機會再來。

但他又似乎比許多在香港的外國人更能了解多一點。當日在座談會上，有一個外國人說：香港是一個殖民地，在一九七八年還有殖民地存在是一件荒謬的事，希望格拉斯先生指示一條路，讓香港作者可以遵

循，改變這事實云云。提出這問題的人，漠視實際情況。如果問每個人的意見，相信沒有人樂於生活在殖民地的制度之下。但要改變，和怎樣方式的改變，顯然不該由外國人來決定，尤其不是要由一位來了香港才不過幾天的外國作者來指示的吧？格拉斯就明理得多，不會這樣發表教條式的指示。還有幾個問題，卻是中國聽眾提出的，其一是提議活用地方性的言語，例如要求香港作者開會研究如何混入粵語在文字中成為更生動的文字。有人認為香港文學社會性不夠；又一位女孩子發言，嘲諷地説：「如果我要讀香港的文學，又有甚麼書好看呢？」提出這幾個問題的，是中國人而不是外國人，更使人份外感到惋惜，覺得香港人對香港自己的東西知道得不夠，作者與讀者之間的隔膜和誤解也實在太大了。

如果我是那幾位提問的聽眾，一定不敢如此理直氣壯。因為我知道五〇年代以來，香港一直都有不同方式表現社會面貌的文學作品、一直都有人嘗試把粵語鍛鍊、而且即使香港文學充滿缺點，缺乏關心，沒有出版商出版，但前輩作者結集還是有的。説：「又有甚麼書好看？」未免太輕率了。指出在香港寫作的困難的作者，他們目的不在訴苦，而在指出實況，並無意逃避。香港的作者在不利的情況下，如果他們相信文字，還是會繼續創作的。對於香港作品，可以批評好壞，但如果根本不知道，還要嘲諷它，未免過份。香港人也應該更好好地正視自己所住的地方、周圍的人物、這兒所生長出來的事物了。過去的

自卑、封閉、小器、排斥、推諉的風氣也應該改變了吧。希望格拉斯的出現,他座談會上引起的問題,使我們反省,正視它。最後,格拉斯在私下和在會上都表示:香港是一個困難也是有趣的地方,希望將來會有人以這地方為題材寫出好的作品來。格拉斯說香港像丹錫,我們當然不會忘記,格拉斯正是以丹錫為背景,寫下頭三本小說《錫鼓》、《貓與老鼠》、《犬年》,合稱「丹錫三部曲」。在這些充滿侏儒、如鼠的喉核、稻草人和犬群的怪誕的傳奇底下,格拉斯一次又一次地重述納粹時期的悲劇,提醒人不要忘記歷史的教訓。這些小說將會流傳下去,叫人反覆閱讀,獲得警惕的。

(一九七八年四月)

寫小說的蕭乾和寫報道的蕭乾

　　中學的時候，讀到香港翻印的《珍珠米》和《廢郵存底》，喜歡裏面的散文，又同意其中對文學一些平實的意見。後來零零星星讀到更多蕭乾的作品，更多對蕭乾的介紹。記得《中國學生周報》一位作者在「讀書研究」版的介紹裏告訴我們說：蕭乾在五七年反右運動後逝世了。蕭乾好像變了一個遙遠的名字。讀他的小說集，覺得有他的特色，但一直最喜歡還是他的報道文章，最後讀完《人生採訪》，對其中簡潔精煉的文筆，打抱不平的態度，十分佩服。心裏對自己說：「有一天我也要寫這樣的報道。」

　　一九七九年暑假回港，看見香港報上連載《未帶地圖的旅人》，才知道蕭乾健在，而且過去的散文特寫，又能結集出版了。後來又知道蕭乾會出來，到愛荷華參加「中國周末」，想到有機會見到他，甚至或許可以採訪《人生採訪》的作者，真是叫人難以相信。也許因為一直從《人生採訪》忖想作者形象，到了在愛荷華見到蕭乾稀疏的白髮，才驚覺眼前的作者已經七十歲了。在愛荷華，人多，節目豐富，一直沒機會和蕭乾長談，本來約好在密西西比河遊河後去他

住的地方談。但遊河完了，已經差不多半夜，想到蕭乾也許太累了，也就不想打擾，約定等到他們來加州再訪問了。蕭乾他們十一月底來，在聖地牙哥的加州大學演講，逗留一個星期左右。其間我在他們住的學校嘉賓室的陽台，爛漫的陽光下，作了兩個多小時的錄音訪問。訪問了，錄音卻一直沒整理出來；後來功課忙碌，拖着沒做；而且蕭乾十二月回港，香港雜誌訪問他的不少，想到許多資料可能重複，也就一直拖延下去了。直到最近，放暑假了，重聽錄音帶，又看到蕭乾回去後寫的《美國點滴》，想到一些問題，終於整理出下面一文來。有些已經在別的刊物見到多次的資料，這裏盡量濃縮或刪去了。談話先後也經過調動，如果有甚麼錯誤，該由我負責。我原先設想的詳談跟這裏的結果不同；下文有點像是聽從了蕭乾廿四年前一篇雜文的勸告，「把原有的大綱揣回口袋裏去」，留神眼前說話的人另有關心的問題。

一　寫小說的蕭乾

「我是滿族人。我母親是漢人，父親是滿族人。可是我一點滿族意識也沒有。為甚麼呢？因為我是在父親死了以後才生的，我是暮生的。我怎知道我是暮生的呢？許多關於我的身世都是從小時候一個姑姑罵我的話聽出來的。她罵我『你這暮生的』，有時說：『你這「午時雞」』。『午時雞』就是淘氣的意思……」

「我第一本小說是《籬下集》，基本上寫早年在

北京的生活經驗。我差不多在十六歲以前都是寄人籬下，這裏住住那裏住住，那裏住住這裏住住。我沒有家。我母親在我七八歲就死了。我母親死之前跟人家做女傭。所以我每個月才見她一兩次，我到人家處見她，人家門房高興一兩個鐘頭才傳個話，傳了話也不能馬上出來。我就在門口等她，不知甚麼時候出來。我每次都帶點東西給她，水果或別的，給了就走了。她每月工資三塊錢，她把工資都放在我阿姨家裏，叫我每月到阿姨家裏吃幾頓好的飯。怎樣好的飯呢？就是在餅裏攔幾塊肉，像吹號筒，我每月就吹幾次號筒⋯⋯

「我是住在我一個堂兄家，我這堂兄是信耶穌教的，但他是假耶穌教，白天是耶穌教，晚上搞佛教。我得跟他走，所以我對宗教很反感。那時候的宗教是強迫信教。在學校裏頭要祈禱，祈禱就要先閉上眼睛。學生閉上眼睛，老師還要檢查。上邊祈禱，另一個老師檢查我們是否閉上眼睛。我呢，我反抗，他快來時便閉上眼睛，他剛一走開馬上睜開眼睛⋯⋯我這堂兄信佛教我還要依着他，有時候一晚要叩三十六個頭，還有時候他病了，他許願，要到廟裏還願，從北京到廟恐怕有一百英哩，還要經過兩度山，山很危險，我才幾歲呢，也要陪着他還願。」

他跟媽媽很少見面，所以印象很淡，對他好的是一個

堂姊。「她是個個子很矮、其貌不揚、但心地非常善良，很聰明的老處女。」

這些早年寄人籬下的生活，對宗教的反應，還有那個善心的老處女，對於看過蕭乾早期小說的讀者相信都一定熟悉不過了。

《籬下集》的小說也寫到他早年在地氈房學手藝的生活。在現實生活中，「我做過六年地氈，第一年是繞線，第二年做雜毛氈，然後才能做牛毛氈，牛毛以後才能做羊毛氈，我已經做到最高了，是把羊毛氈脫線，剪線，補起來。我還派羊奶，我那時身體也不好，天還黑呢，便要背着十六磅羊奶，從北城走到南城，那時候的富人都住在南城，他們都養狗，所以我現在很怕狗，派羊奶要把羊奶放下還要把空瓶子拿走，這時狗便來咬了。所以我非常怕狗……」

後來他在「北新書店」找到一個棲身之所。在那裏，他看了一些華林著的書，關於中國社會、新英雄主義的。也喜歡《浮生六記》、劉半農編的一些東西，看了幾個自傳，鄧肯的，「是唯美主義！」還有盲女人海倫·凱勒，「看了以後覺得殘廢也可以做點事情。」還看了《大地的女兒們》，寫三個美國女子。「但文學作品究竟看得不多。我看得比較晚，最早看的是哈代，第一本是《苔絲姑娘》，我特別欣賞他的副標題，A pure woman faithfully presented(一個純潔的女子的寫真)，這小說，由標題就點出來了，寫牛奶場姑娘的墮落，不怪她，怪這個社會。」在北新的工作，除了校對送稿費以外，還要到「紅大樓」去抄

書。「這時抄過翻譯的曼斯菲兒短篇小説集，最喜歡其中一篇，講一個議員寫好一篇講稿，放在桌子上，那天剛好他生日，他女兒買了一件禮物送給他，沒有紙，便拿講稿包了，第二天議員找講稿，找不到，發現女兒用來包東西，便大發脾氣，他女兒很委屈的哭了，這小説寫人生很有Irony的味道。我最早接觸的歐洲現代主義，便是曼斯菲兒。」

不過，「照我當時的處境，處在社會的底層，從這一點來説，我對這些甚麼主義有點反抗，有一天在北新書店看到一本書，説怎樣搞罷工，説工人受剝削，我們三個夥計，看了以後，覺得，哎唷，我們書局的老闆對我們也很剝削，他們吃完飯我們才上桌子，也沒有睡覺的地方，就睡在辦公室桌子上，一個月才得四塊錢，三人便搞了一次罷工，怎麼搞？工作給他一個『半完成』，那時我們發《語絲》，有些寫人名不寫住址，有些寫住址不寫人名，之後我們寫了一封信，要求如何如何，然後我們就走了，不過三個人當天晚上哪裏睡覺都不知道，哈哈哈，後來都乖乖回來了。老闆也讓了步，大家都要吃飯嘛……」

受了看書的影響，他跟其他一群貧弱的孩子在校中組織起一個互助的少年團體，與校外團體通信中批評學校，結果給捉了去，關在北京捕房，隨時可以槍斃。後來他的美國堂嫂找那美國校長跟他們説了，不知怎的就把他放了出來，但也審了多次，那時他才十五六歲，唸高一。

但一九二八年，他終以鬧學潮名義被學校開除。他便是這時候到潮州教書的。

> 「有一個越南華僑，姓趙的，他的妹妹同一個男的發生關係，他回去決鬥──後來那男的肯結婚，才不用決鬥──一路在船上，他在上格床日也哭，夜也哭，很不快樂，便是這麼一個人把我帶到汕頭。」

聽到這裏，看過《夢之谷》的讀者，一定覺得，咦，去到異鄉的青年小夥子與大眼睛潮州姑娘的戀愛不是快要登場了？那麼，《夢之谷》寫的，是真事嗎？

> 「是真的。當時我很大膽，第一次戀愛，那女孩子也姓蕭，廣東人同姓不可以戀愛的。她父親是北京滿洲人，家裏窮得不得了……」

《夢之谷》沒寫完就「八一三」了，蕭乾自稱《夢之谷》是個失敗的嘗試，「我本來想放棄了，後來到昆明，巴金寫信來，說要編一套長篇小說，說我的小說也有特點，勸我寫完，所以《夢之谷》的尾巴是勉強接上去的，將來若要用的話我還會好好整理一下，因為那不像甚麼小說，可是寫的都是真的事情。」

這倒是蕭乾小說的一個特色。散文如《落日》寫他母親死在他懷裏，死了像太陽落下了，是真的事情；《灰燼》寫與沈從文楊振聲幾個人一直從湖南到

昆明去，在陳州時見到的一場意外：一對夫婦把財產保護得很好，一場大火就甚麼都沒有了，這也是真的事情。就算小說，《蠶》也是他自己養蠶的經驗，他小時每年都養蠶，小說裏寫的都是真事，而《蠶》裏面的女孩子，蕭乾說，真人姓高，今日還在美國呢。

> 「散文《珍珠米》寫的也是真事。我最近在波士頓演講的時候，有一個人問：你現在還能夠寫《珍珠米》那樣的故事嗎？你跟英國一個女孩 flirt 的故事，我說那不是我跟她 flirt, I was trying to get rid of her（我要脫身還來不及呢！）」

這問話顯示了海外對蕭乾作品的不熟悉。再說回剛才的話題，寫小說喜歡寫真事似乎是蕭乾的一個特點哩！

> 「我的小說，其實只是我寫小說的開始，還未真正寫小說，開始寫小說的人，大部份都是自傳體。慢慢才是開始虛構了，在《栗子》裏虛構比較多……」

他說到《栗子》的時候，蕭乾說自己的小說受巴金影響，這使我覺得很意外。我一直覺得蕭乾小說是受沈從文影響，記得以前在某篇文章裏看過蕭乾說自己一直留着第一位師傅修改過的《蠶》的原稿，而在三九年他離港赴英前在《大公報》文藝版發表的《一個副

刊編者的自白》中，對自己在大學開始投稿寫小說受到沈從文鼓勵，也有熱情的記敘。

蕭乾說：「我的文字倒像沈從文，我很欣賞他的比喻文字。沈從文的文字很富比喻，他說一個青年羞澀得像一株銀杏樹，『羞澀』跟『銀杏樹』這個連繫很突然，也很自然，他寫青島街上家庭主婦推着娃娃車，他說車子裏放着『一枚』娃娃，他用字很新鮮。我有一篇小說是特別在這方面用心的，那是《俘虜》，我想在文字上下工夫，比喻很多，比如說天上的彗星像頑童在石板上畫東西。」

其實，蕭乾另一篇《道傍》對流星也有相同的描寫。

「寫文學作品老是不想用現成的字，像『天空藍得像寶石』等……」

「屠格涅夫說小時候媽媽每年帶他到多瑙河上玩，任他聯想，比如說藍色，要他立刻說一個字，訓練他的聯想。我有時對我的小孩也是這樣，我說一個形容詞，要他馬上說個名詞，……我從沈從文學會了不用用濫的文字，要自己做文字出來，不然怎叫創作呢。」

蕭乾說欣賞巴金有一種悲天憫人的精神，他寫東西有理想，是一個有message的作家。

蕭乾的《栗子》一方面是有一個message，是寫「一二‧九」事件，另外也想在技巧上嘗試，比如這小說不是明顯地拿栗子當象徵嗎？

「現在寫我不會這樣寫，我覺得有點勉強。『一二·九』我不在北京。我三五年已畢業了。可是『一二·九』事件後我第二天趕回北京。我到斯諾家去，他的太太海倫非常焦急，說中國人對中國人為甚麼這麼殘暴，後來我寫了這篇以燕大為背景的小說，寫兩種學生對這事的不同態度。」

在後來出版的《創作四試》中，蕭乾把自己的小說主要分為感傷、象徵、戰鬥、自省、刻劃幾類。《栗子》大概可算是戰鬥類的了。問他寫小說改動多不多，他說：

「有的寫得很快，在腦子裏就要寫出來。有時也要改的。我是這樣，我若兩三點睡不着，我就不睡了，也不起來，就躺在床上想東西。許多白天注意不到的事情都出來了。」

蕭乾當年在《夢之谷》後本要寫一個自傳體的長篇，暫名《年輪》，是他希望以「摧殘弱小心靈」為題材的小說，後來「八一三」就沒寫了。

二　寫報道的蕭乾

想寫自傳體的小說，寫的小說多有真事根據，這也解釋了後來蕭乾與報道文學的連繫。早在四十多年前他還未進報館前，已經說過希望以新聞採訪擴展自己的眼界，作為寫小說的準備；這話在《人生採訪》的序中重複了一次，在最近寫的序文中又再重複了一

次。一晃四十多年過去了，他的小說沒機會發展下去，寫的報道文學反而獲得了更大的成績。

一九三五年，蕭乾大學畢業後十五天便進入天津大公報編副刊，從此就開始了他的報人生涯，也開始了他用文學筆法寫的採訪了。

「對，我的報道文學的寫法也接近寫小說。我第一次的報道是魯西的災情，我跟畫家望雲一同去，他用筆畫，我用文字，都是在素描。我是描寫，有意要練習，注意自己不用驚歎號……我覺得學外文對中文也有好處，我比較注重標點符號。有些人就是逗號逗號逗號，到最後一句才用一個句號。另外，語法我比較注意。」

從採訪魯西開始，然後去蘇北，走過滇緬，寫過雁蕩，三九年赴英時，正是歐戰前夕，讀書教書之餘，也寫了不少通訊，寫戰時的倫敦、戰敗的德國、中立的瑞士、舊金山的聯合國成立大會等。這些採訪在四七年收輯成《人生採訪》一書出版，分為國外、國內兩部，厚達五百多頁。蕭乾早期的生活重現在小說中，後來我們則是從採訪裏見到他跑遍的世界了。

我們今天看《人生採訪》，佩服的不是作者跑的地方多，而是其中的觀察和態度，不管寫水災、寫戰爭、寫風景、人物，其中有一種不必靠驚歎號表現出來的同情心與正義感。蕭乾的文學修養也用到寫報道文學裏，比如書中寫嶺南的一篇《林炎發入獄》，

由幾面來寫一段冤獄真相，作者冷靜地採訪剪裁，紀錄六段訪問，沒有加上任何主觀結論，但作者顯然並不是沒有意見，這種冷靜追求真相，不歪曲事實的寫法本身，已表示了一種立場。果然此文後來引起反應，當局把林炎發釋放出來。蕭乾有時把意見藏在描寫中，如他散文《嘆息的船》寫一艘在風暴中擱淺的船，見到一艘艘外國船經過，以為可以獲得援手，結果卻失望了，這表面是寫景，其實也暗示當時中國的處境。正如採訪集中《劫後的馬來亞》一篇，有一段寫碼頭卸貨，先寫破衣奔跑的埃及工人，再寫掌握發動機的寧波海員，最後，好像電影中把鏡頭移上去或拉開來一樣，我們看到指揮着一切的是船橋上的英籍船員。這幅圖畫，也形象化地寫出馬來亞當時的政治處境。而這些還不僅是技巧而已。讀《人生採訪》，使人擴寬眼界，看到在不同地方的人的感受，報道文字既打抱不平，也表彰了某些美好的品質。蕭乾不一定含蓄，他覺得必要時，也直接作出批評，或發出感慨，正如最近在《未帶地圖的旅人》中，回憶到戰時英國走警報時顯示的社會責任感，筆頭轉過來，也不忘批評目前在北京見到年輕小伙子擠公共汽車或排隊「夾塞」的剽悍。以所見的事作為借鑑，正是《人生採訪》作者的本色。

《人生採訪》出版已三十多年了，想不到這位停筆近二十年的作者，又再來到美國。

「這次出來有人叫我寫美國之行，我不寫。」

他說。為甚麼呢？「第一這種走馬看花的遊記，不知多少人寫過了。我寫東西，現在因為年紀大了，總想有點 message。我寫了《愛荷華的啟示》，刊在人民日報，我在最後也有一點 message，我寫美國，想針對國內問題。因為來美的人太多了，一百年來，不知多少人在寫。我不想寫純粹遊記。」

他以前寫報道覺得最難寫的是甚麼？

「寫報道文學很多是當時性的，很難每篇在幾十年後還有可讀性。作為一個記者你要盡記者的責任，不能常常想着寫些不朽的東西。報道文學很多只是報告，但也看題材，有些題材可以容許多寫一點。比如說一九五六年我到內蒙去訪問，回來寫了兩個東西，一個叫《萬里趕羊》，一個叫《草原即景》，《萬里趕羊》在人民日報登了以後，很多讀者來信說很感動，人民日報把信發表了，所以這個東西比較多人注意。」

他也寫過風景，例如《人生採訪》裏寫雁蕩山的幾篇。

「雁蕩的幾篇我是想練習，我不懂寫古文，又不懂詩，我想用散文體來寫山水。」

在蕭乾英譯的小說集《蠶》(The Spinners of Silk)裏，我們也會發現其中一篇是寫雁蕩山的一個片段，另一篇是寫上海的，都不是小說，為甚麼收進去呢？問起來，蕭乾說當時選的時候覺得自己《栗子》那小說集裏很多東西都是罵人的，不想收在裏面，但篇幅又太短，所以把這兩篇都收進去了。由這例子看來，也可見蕭乾所寫的小說和報道的密切關係。

問到報道文學的種種，蕭乾說他對外國和港、台的看得不多。

> 「報導文學現在有一個爭論性的問題，就是報道文學容許不容許虛構？如果是報道文學，應該嚴格來說是真的事情，用真名真姓。你可以在細節方面下工夫，一旦虛構，就是fiction，不是報告文學。」

可是有時在剪接或細節突出上不是需要虛構嗎？比如他寫戰時倫敦，把十日的生活寫成「倫敦三日記」？

> 「那不是虛構，是壓縮。虛構是沒有東西加東西進去，壓縮是刪掉。」

但是「十」天不是「三」天呀？

> 「那是剪裁。我不喜歡沒有經過剪裁的東西。一個文章最要緊是不要鬆散。我有些東西是比

較鬆散，小說也有這個問題。」

那他覺得徐遲的《哥德巴赫猜想》怎樣呢？

> 「我們是兩種寫法，他是天馬行空，我是本本
> 份份，規規矩矩的寫。他是詩人呀。」

他覺得報道文學的好處是時間性，專題性，「如果幾十年後還有可讀性，那就很好。」

　　他用文學技巧來寫報道，也許就為了它可讀性更高吧。蕭乾的報道文學無疑在幾十年後還有可讀性，可惜的是上面說到五六年內蒙之行那兩篇文章以後，我們多年來也看不到這位採訪高手的報道文字了。五七年被批鬥後，蕭乾沉默了二十年。今日說起來，蕭乾說自己五十年代的情況是屬於小康之列，有些人還比他慘，有些人勝過他。他慶幸的有幾點：第一他沒有給派去北大荒，他在唐山勞動了三年，回家過年一次，太太探過他兩次。第二他沒有抄家，更重要的是家庭沒拆散，家庭拆散的一種情況是分到外省去，夫妻分離，一種是太太鬧離婚，劃清界線，蕭乾說：「我老婆說：十年，二十年，你走，你放心，家，我負擔。這樣的老婆真難得。」第三是他沒有改行，懂得外文就像懂得一點技術，他這個外文救了他，所以他沒有離開文字隊伍，不過是從創作去到翻譯。

　　今日蕭乾談到這些過去的經驗時，往往是這樣子，很冷靜、很謹慎地一點一點列出來。他重新執筆

以後新寫的《未帶地圖的旅人》就給人這樣的感覺。這篇文字寫得理智周到，對許多事情一一交代清楚，比如與楊剛的友誼，與大公報的關係。《當代》刊的是初稿，蕭乾在美時告訴我們說回去再修改，出書時要再加上一段話，他說：

「中國作者很少在文章裏提自己的愛人，我要做一件別人沒有做過的事，我想出書的時候在序言裏寫：五十年代後期，中國有一批可敬的男性和女性，他們生活的伴侶在政治上遭到挫折的時候，沒有用離婚來劃清界線。我在這裏想向我的愛人文潔若表示謝意。」

正因為失去了活用文字的權利多年，再用的時候，特別珍惜文字的效果，用來說那最重要、最實際、最有效的事情，顧不了文采，當然更不會浪費或奢侈了。

此外近期刊在《新文學史料》的〈斯諾與中國新文藝運動〉、〈魚餌、論壇、陣地〉、《戰地》增刊的〈斯諾與《活的中國》〉、《新聞研究資料》的〈老報人隨筆〉、《開卷》的〈貓案真相〉、《中報》的〈斯諾夫人海倫訪問記〉等，都是報人本色的文字、一一交代事實、澄清真相，為了需要，注重文字的實用性多於文字的創造性；因為歷史環境的影響，小說家蕭乾終於讓位給老報人蕭乾了。其中〈魚餌〉一文記三〇年代主編《大公報・文藝》的經驗，實在是一篇不可多得的作品，寫出作為文藝主編的經

驗，不但寫他組稿、編特輯、搞批評討論、書評專欄、辦文藝獎等，更重要是寫出一個編者的原則和理想，以及實踐的經驗。文中見出的剛正態度，在今日尤其值得不同地區的中文文藝刊物編者參考。現在的蕭乾文章的特色是理智，四十多年前《籬下集》出版之前，他在《水星》發表〈給自己的信〉，裏面好像是一個理智的自己跟一個感情的自己在辯論，到了今天，在多年混亂後這特別需要理性來重新反省和分辨的時刻，這位「理智的蕭乾」是取得壓倒性的勝利了。

在離開聖地牙哥以前，蕭乾説他在美國也聽到一些有意思的事情。「我也想談談美國，現在還未整理出來怎樣談美國。過去很簡單，大家一到美國便大談美國，一到非洲便大談非洲。現在不是這樣，我想寫美國的精髓，不是表面，寫廣度容易，深度比較難。」

蕭乾回去以後，今年三月，我們看到他在人民日報連載的十則《美國點滴》了。蕭乾寫美國的超級市場，科學工業館、兒童音樂會、教育、法律，也寫到在美國的一些中國人。其中最好的幾篇，他做到了用生動的描寫，形象化地表達他的意思，比如由一顆棗核寫出一個在海外的中國人思鄉的感情，而又以一個年輕笛手，寫出這種思懷也混和了憂慮。正如《人生採訪》中的文章一樣；這十篇短文也是以國內讀者為對象的。蕭乾有他的訊息，所以寫到美國一座大廈拆樓用「定向內爆」，數分鐘內變成廢墟之餘，筆鋒一轉，也比照了廣州一座三層樓房用十字鎬拆了差不多

半年的實況；寫美國的圖書館、法律、政治等，有意寫來作為比較和參考；蕭乾對美國社會有不熟悉、甚至誤解的地方，如寫高速公路的交通問題等，但看下去，看到「那裏的汽車不論是甚麼牌子的，都不顯示車主的地位身份。觸犯規章，掏名片是不管用的」，又使人覺得蕭乾有他用心良苦的地方；正如第五則「上與下」中把中美兩種教育制度對照後沒有下結論，跟着似乎沒相干地說到美國報紙的批評，對從政者不期然起了警戒作用，讀者或許也會自然跟着在政治上作一對照吧？蕭乾寫科學工業館和兒童音樂會，也是兼想到國內兒童教育的問題了。所以這十則短文，蕭乾的態度基本上是公平善良而開放的，提出現代化的優點和可能有的缺點(雖然寫罪案問題等還嫌片面)，看異國的社會制度，作為自己國家的借鏡或鑑戒；另一方面，他也想寫一些活在外國的中國人，使國內讀者了解他們的想法；蕭乾的文字，是盡了作為橋樑的功用了。反而刊在《讀書》的〈漫談訪美觀感〉一文，可能因為是座談發言，同樣的材料說得比較省略，缺了文字的周到，就比較強調了「大綱」而忽略了活生生的「大眾」了。因為簡略，對香港的情況也說得不夠公平，比如好像把翻版書商都說成只為牟利，翻三、四〇年代的書只是「鑽空子」。其實牟利的書商當然很多，有眼光搞文學的也不是沒有；三、四〇年代的翻版書在香港可以重印，不只是因為「鑽空子」，作品本身的素質是有關係的。有二十多年，香港是唯一可以翻印出版、教授、和研究這些文

學的地方。為甚麼呢？在今日回顧，我們不妨檢討這特殊情況的成因，不必以營利一筆抹煞對三、四〇年代文學的興趣與研究。事實上，我們在香港一直可以讀到蕭乾作品，還是依賴翻版書呢。經過這麼多年下來，又突然出來接觸種種複雜的人事，蕭乾可能遇過不少令他戒備的事，但我希望他相信，真正看過而喜歡《人生採訪》，不是因為甚麼實利而喜歡的人，可能很少，但還是有的。

最近又讀到蕭乾的〈斯諾夫人海倫訪問記〉，覺得蕭乾真了不起，出來一次美國，做了許多事情。除了發言、聯絡、交談以外，也觀察、訪問、記錄。在加州時我也跟他談到我在大學當助教的寫作課程，也把我們用的一些新新聞體及採訪寫作用書如《工作》等送他，也很高興他說回國後還有用。蕭乾始終沒有放棄他作為一個記者的工作，這是他的興趣也是他的責任，這也是他最可貴的一種素質。說寫小說的蕭乾已讓位給寫報道的蕭乾，這樣說並無貶抑之意；兩種工作各有重要性，目前這樣做更有必要。許多好的小說家也是好的記者。(我想到台灣的王禎和，他既是有創意的小說家，也寫過冷靜準確的訪問，聽說他近日病重，不知目前怎樣了？希望他早日逐步康復吧。)許多好的作家身上多少都有一種記者的素質，那是一種怎樣的素質呢？那是一種對人生的好奇與興趣，不輕率，不歪曲，留神地觀看這世界的人事。採訪人生是為了了解人生、聆聽、觀察，把個人主觀的褒貶減到最低，虛心尋求真相，因為只有認識其他人，才可以

尊重其他人；可以溝通消息，才可以避免封鎖帶來的愚昧；傳達和交流意見，才可以消除因為封閉而產生的偏見，因偏見而導致的災禍。這實在是我們這時代裏最需要的一種素質。

（一九八〇年八月）

附錄一：報道文學

近年來，香港、大陸和台灣三方面，都不約而同地在報道文學方面有所發展。

比如《哥德巴赫猜想》一書，雖然仍有不少教條的想法，文字亦有浮泛的地方，但的確是寫得生動活潑，叫人羨慕作者有這樣的條件，可以寫出深入的訪問報道，讓我們知道這些科學家，數學家或是藝術家的面貌。報道文學一個吸引之處，正是這種現實新鮮的知識提供。台灣報刊亦闢有報道文學的專欄，亦出版過《現實的邊緣》等書。近月中國時報更舉辦「報道文學」徵文，到目前還未截止。何欣主編的《書評書目》亦有一個討論報道文學的小輯，其中如瘂弦認為報道文學不應報喜不報憂，也不應報憂不報喜，蔣勳認為報道文學應避免情緒上的偏動，又如高信疆在另一刊物上謂報道文學可發展向較平實的範圍，不一定寫特殊亦應寫及普遍的生活，這類都是頗合理的說法，對台灣一些文風亦是一個反省。從這些說理與討論，可見報道文學已不僅是起步，而是去自覺反省這一文體的功能與缺失，嘗試建立標準與批評了。台灣前些時一些較暢銷的書，如沈甸的《代馬輸卒日記》

和三毛的幾本書，亦主要是報道文學類而非小說類。

不過台灣的報道文學，雖然有零碎的佳作(小說家楊青矗和子于亦寫過一些)，但也有些未能消化堆砌的資料而顯得沉悶，或是煽情的濫調中夾雜理論的新八股，叫人很不耐煩。徐遲的書雖不算理想，但與台灣近一二年的報道文學相比，還是有它的特色。

香港的情形又如何呢？如果只純粹拿青年文學獎來看，那麼情形並不樂觀。因為文學獎中的報道文學部份一直是最弱的一環，投稿少，甚至大部份搞不清楚這一文體的實在意義。但如果不那麼偏狹，把眼光放寬點，香港刊物上亦有自己的報道文學。

香港的刊物上確有誠懇詳盡的專訪，或是幽默痛快的報道，雖然夾雜在眾多良莠不齊的文字中，比例上亦是較少。但香港式的報道文字，就好的來說，則可以免了教條性的框框或資料性的重複，正如報刊專文一樣，有它直接爽快的一面，但沒有了教條或資料是一件事，若沒有了基本的對人生或事物的看法，或沒有了由資料而來的透切認識，不能由小見大，那麼文章寫來淺短，也是一個欠缺。

報道文學的魅力肯定是有的。外國有所謂「新新聞體」，又如近年暢銷的小說，有許多以搜集資料翔實自詡，由《冷血》而至《根》，一方面是煽情的戲劇，但另一方面亦以真實為號召。其實我們細心想想，近年中文小說中較受注意的，如陳若曦的《尹縣長》和張系國的《香蕉船》和《昨日之怒》，都既是小說，但亦隱約有一種類似報道文學的優點在背後。

就事論事，讀者看它們當是為了看小說，但亦有很大的原因，是想看看六○年代大陸的人們怎樣生活，看看海外的中國人怎樣生活，以及釣魚台事件當時在海外的情況怎樣⋯⋯這都是我們不能否定的。而兩位作者，亦多少表示過他們不是想寫文學，而是想記下一些人的生活，讓另一些人知道，這種態度，亦正是報道文學的出發點。

這種態度，基本上是對六○年代一些只講技巧不講內容的文學態度的反動。物極必反，所以才有了鄉土文學論爭的出現。但講內容講到偏狹之極點，只容許寫某一類題材，或以為寫及某種題材就一定好(比如鄉土文學論爭中有個笑話，就是有人認為《我愛博士》的路線正確，所以就是比《家變》更好的小說)，這亦沒什麼道理。報道文學代表的一種對現實關心亦對現實虛心的態度，正是大有可為，可以加以發展的。

香港的報道文學仍可以發展，可以由某一階層的人物，擴展到不同階層的人物；可以由特殊的古老工藝的行業，擴充到各種不同的行業。報道文學的發展，正代表着一種對我們生活環境、我們周圍人物關心的態度；進而更是一種通過背景認識自我身份的態度。

以前香港亦有人提倡過一類報道文學，但往往是教條化、偏狹化(例如以為只有寫工廠才是報道文學)，又或者是粗淺化(如只是寫表面的幾筆素描就是報道文學)，其實範圍可以闊些，採訪也可以做得更深入。根本有許多報刊上的文字已是屬於報道文學的範

圍，問題是怎樣可以做得更好吧了。

例如那些專題、人物類的文字，進而包括生活化的特寫，思想性的介紹，都可以是報道文學，或可在具體取材上，向中外報道文學借鏡，看看如何既有文學的華采，又有報道的虛心態度、豐富資料和結實組織。報道文學的策劃，應該不是興之所至，隨意胡來，應該有一個方向，有選擇的輕重，貫徹的態度、取材的重心。

報道文學會不會浪費了一些作者的才華和時間？應該不是這樣看，報道文學除了幫助人認識他生活的環境，在寫作上亦應是一個好的訓練。相對於香港文壇一些浮淺意氣的做法，報道文學的實事求是，有可取的地方。比如對一個人物的褒貶，不管是盡說浮泛的溢美之辭，說他怎樣崇高怎樣優美，又或者是純粹反面的批評盡作惡意詆毀，這種種做法都難以叫人信服。報道文學老老實實舉出實際事例，重具體的事物多於抽象的概念、感情澎湃的發洩，其他散文似乎也可參考。

報道文學可取的是一種精神，平實生活化的取向，關心了解而不強以不知為知的態度，正是值得各種創作者參考。年輕作者與其撰文批判他人社會參與不足，強下意氣的結論，何不索性自己從事報道文學，不是更有建設性嗎？在寫作報道文學的過程，也可學習到正確而不歪曲資料的態度。

（一九七八年八月）

附錄二：《山水人物》前記

　　我常想把我遇到的人物和風景記下來。寫東西幫助我學習觀看，尋找事物的意思。我接觸的多是平凡的人物，尋常的風景，於我有道理，便提筆寫下來了。風景可能只是小巷風景，不是名勝，即使離島山水，也有生活的磨蝕了；若果我從家裏的電器感覺季節的變化，又或者把春天比作母豬，那並無不敬，只是對人們習慣驚歎的美沒有同感，老老實實寫出自己的感受。

　　為什麼總想寫人物呢？也許因為人使我想得最多。人是這麼奇妙，又這麼可歎。人有無限的可能去塑造自己，但人又可以變得那麼可怕，這就不禁叫人想到，那在背後影響和改變人的因素了。吸引我們去寫某個人，或者是他身上某種素質，或者是他身上見出不同社會的影響，我總想多觀察、多聆聽不同的人。

　　寫山水人物，寫到香港、大陸、台灣和海外的中國人，這些素描還不全面，我只想知道多點不同地方的人如何生活，並想若多點了解，就或可幫助我們避免許多偏見了。世上這麼多人，有不少令我欣賞的素質，我向自己謙卑地提出「留神」，從一個人對另一個人的留神，一個人對一條街道的留神開始。

一九八〇年八月二十日